有温度的表达

微博：@我们MOOK　　互动：wemook@126.com

《我们》，分享有意思有态度的故事和人物。

图书在版编目（CIP）数据

我们·素直 / 谈笑静主编. -- 北京：中信出版社，2014.6
ISBN 978-7-5086-4577-3
Ⅰ. ①我… Ⅱ. ①谈… Ⅲ. ①散文集－中国－当代 Ⅳ. ①I267
中国版本图书馆CIP数据核字(2014)第090922号

我们·素直

主　　编：谈笑静
策划推广：中信出版社（China CITIC Press）
出版发行：中信出版集团股份有限公司
（北京市朝阳区惠新东街甲4号富盛大厦2座　邮编　100029）
（CITIC Publishing Group）
承 印 者：北京昊天国彩印刷有限公司

开　　本：787mm×1092mm　1/16
印　　张：11.5　　字　　数：233千字
版　　次：2014年6月第1版　　印　　次：2014年6月第1次印刷
广告经营许可证：京朝工商广字第8087号
书　　号：ISBN 978-7-5086-4577-3/I·516
定　　价：36.00元

服务热线：010-84849555　　服务传真：010-84849000
投稿邮箱：author@citicpub.com

素直

要为《素直》写下序言的此刻，我正身处于印度的瓦拉纳西——一个据说拥有六千年历史的古老圣城。在这里，时间像是恒河表面散漫的粼光，无序，近乎静止的无序，若非深入其中，你会以为眼前的疯狂，与十年前的疯狂，并无二致。然而这里的时间，其实是不可翻搅的，一伸手就会在时间的皱褶里抖出许多生死、爱欲，欢愉与荒凉，悲苦与极乐，历尽劫波。

在这纷繁混乱的中央，我思考“素直”的意义，思考自己何以被这字眼深深地吸引。

曾经我以为，凡是已经懂得的，不可能再懵懂；已经世故的心，不可能再孩童。所以素直之人，总让我好奇又嫉妒——如何才能行走于世间而心无所恃，无有挂碍？抑或是你有着无比坚硬的壳，因此得以保住内里那份柔软心地？这个世界是否真的容许，我们勇敢、莽撞又不被毁伤？

如此疑虑着，试探着，偶尔孤注一掷赤裸地爱恨着，我努力企及那个素直的境界。然而，所有试图成为另一个人的努力都失败了，我重重地跌落，我开始深刻地自我怀疑。事后证明，正是这自我怀疑，将我引向素直之道。

当我不再如同过去一般，深信自己的判断，我开始意识到，很多的“认为”，不过是“以为”，很多的“当然”，其实是“想当然”。直到有一天，我明白过来，素直，并非一片单纯，并非如痴人一般，不懂得这个世界的复杂与锐利；素直，恰恰是因为懂得太透彻，而了知到：从来不是我们弄懂了世界，而是我们构造了世界——我们看待世界的方式，在现实之上又构造了一重世界。

若能褪去由分别心所附加的重重投影，世界本不拥挤，也不相妨害，各种风物、人情，可彼此穿行而过，各种经历、过往，亦皆成滋养。而素直，只是：如实。

我的这份懂得也许仍肤浅，也许只是又一个妄念，所以干脆以“素直”立题，邀来相识、不相识的众人，一述一议对素直的体悟。更无须提及素直二字，只坦陈各自的生命经历，好让我们能从中读取一份素直精神，勉励我们踌躇、怯懦的心。

在这一期主题之下，我们将看到：有人一生苦寒，却在诗歌的世界里活得多情绚烂；有人疯魔于戏剧舞台，却在台下清冷耿直；有人从事公务之职，却独恋村野之闲寂；有人在金融领域踌躇多年，终于完成跳跃变为独立摄影师；有人在森林之中揭发自己，有人在电影之中透露本心；有人在德国被触动，有人在日本受启发，还有人在不丹震惊不已……各种面相之下，都有一种直简、坚韧的骨相，那是我们本有却遗失了的质地，是我们向往却又担心不合时宜的德行。看着那些依然素直的人和事，也许你会开始觉得：不妨素直。

谈笑静

微博：@扎西拉姆多多

02 这 里 还 有 我 们

CONTENTS

素直 | 目录

●

出品人：陈 坤

出版人：张国辰

总编辑：谈笑静

执行主编：王抒今

本期主笔：紫 鹃 唐 颖 黄 鹭

视觉传达：任凌云 黄 莹

编 辑：王慧雯 季思聪

策划编辑：李静媛 邓 莉

责任编辑：邓 莉

营销编辑：何雨淳 尚 微

封面摄影：刘小杨

封面模特：尼 玛

CONTRIBUTORS

紫鹃

page10

台湾女作家，《乾坤诗刊》现代诗主编，特约专栏作家，到现在依旧是莫名其妙迷迷糊糊的中年女子。温柔半两、多心一片、肝胆五钱、泪水六斤，爱父母多爱九个三两，爱朋友多爱情四分。爱生活、爱书、爱旅行、爱美食、爱音乐、爱电影，爱所爱的一切。

得奖记录：2002 年获得优秀青年诗人奖及最佳广播剧团体金钟奖（剧本占 20%）。

新浪博客：紫鹃的窝；

大陆《诗生活》网站专栏：我和我的影子在跳舞；

2007 年 1 月接任《乾坤诗刊》现代诗主编至今。

雷武铃

page36

诗人，1968 年生于湖南。北京大学外国语学院文学博士，现为河北大学文学院教授。著有诗集《地方》、《短诗与抒情》。

小庄

page58

自然属性：智人种，具线粒体遗传功能。社会属性：科学松鼠会元老级成员 + 高分子化学与物理硕士 + 现科技图书出版人 + 前媒体人 + 前非著名乐评人。著有《爱与性的实验报告》、《彬彬有礼地离开吧，不要和地球人谈恋爱》和译作《守望灯塔》、《情种起源》等。

周裕隆

page97

2000 年就职于奥美广告，2002 年创立 DTMPHOTO 摄影公司。常年与国际 4A 广告公司合作，致力于全球各尖端品牌的广告执行工作。现为自由艺术家，摄影师，工作生活于北京。

官方网站：www.dtmphoto.com

沈奇岚

page80

复旦大学哲学系硕士，德国明斯特大学哲学博士。专栏作家、艺术评论人。独立策划文化项目，致力于艺术文化的传播，以及国际文化的交流与合作。

李雯文

page66

日本京都大学文化人类学博士，旅行社老板，基督徒，身在古都，心怀世界。

曾进丰

page26

台湾师范大学文学博士，曾任职于中正大学、屏东教育大学，现职高雄师范大学国文系副教授。著有《听取如雷之静寂——想见诗人周梦蝶》、《经验与超验的诗性言说——岩上论》、《晚唐风骚——以社会诗及风人体为例》，编选《娑婆诗人周梦蝶》、《台湾古典诗词读本》、《台湾文学读本》、《周梦蝶诗文集》、《刹那》等，并发表古今诗学相关论文近三十篇。

周晓华

page50

湖北人，生长于新疆，现居北京。

幻想能逐水放牧，忧伤时，马头琴对着月亮；现实在城市流浪，烦闷时，笔尖对着空心。

日本动画片《百变狸猫》里，那些无法保卫家园的狸猫只能妥协变形，混迹在人类中，可是一旦疲惫，它们就掩饰不住自己狸子样的黑眼圈。

所以如果你看见我大大的黑眼圈，请不要见怪，我只是个失去精神家园的狸子，在这个巨大嘈杂的城市中，认真工作，努力活着。

张莉

page74

朝九晚五的小职员，却一直怀着自由飞翔的梦想，每年独自背包旅行，2013 年成为不丹媳妇。

shanshan

page104

Lost&Found“失物招领”创始人、主理人之一。

鲍尔吉·原野

page114

内蒙古人，作家。出版《原野文库》等著作48部，作品收入大、中、小学课文，读者遍及海内外。

叶蓓

page136

著名歌手，毕业于中国音乐学院，1996年签约于“麦田音乐”成为旗下第一位女歌手。

阿鹏叔

page140

乘悳 SOUND 创办人，自由职业者。

向明

page20

本名董平，1928年6月4日生，湖南长沙人。军事学校毕业，蓝星诗社同人。曾任《蓝星诗刊》主编、《中华日报》编辑、《台湾诗学季刊》社长。出版诗集有《雨天书》、《狼烟》、《五弦琴》、《青春的脸》、《向明自选集》、《水的回想》、《随身的纠缠》，诗话集《客子光阴诗卷里》，童诗集《萤火虫》，曾主编《七十三年诗选》、《七十九年诗选》、《八十一年诗选》。向明素有“诗坛儒者”之称，论者谓其诗是生活的诗，在生命的意义上有所探索，在严肃的问题上有所坚持；是一位进而介入现实，出而批评人生，兼顾文学与社会使命的诗人。

唐颖

page124

唐颖，女，80后，做过女主播，配过动画片，拍过纪录片，标准精分天蝎座，认为人生的意义和意思一样重要。

黄鹭

page150

水瓶座，自由摄影师，网名细腿大羽。
个人网站 www.luluelns.com
不完美主义者，想做好玩儿有意义的事儿。

陆苏

page92

懂得好好去生活是一种美德，每一个为生活而付出艰辛和得到喜悦的人都值得尊重。1970年生。中国作家协会会员，长于诗歌、散文。已出版诗集《蔷薇诗笺》、《苹果之爱》，散文集《小心轻放的光阴》、《云亦无心》、《重归一朵山花的宁静》等。

张跃东

page118

出生于山东，早年在山东艺术学院学习油画，其后在北京电影学院修读导演课程。除了电影外，还涉足戏剧、编剧、电影摄影等领域。导演或演出、摄影多部剧情片及纪录片作品，多次夺取富有影响力的国际奖项。

谈笑静

page166

笔名扎西拉姆多多，《我们》MOOK主编，《当你途经我的盛放》、《喃喃》作者。

特辑

我的醒
是我更深的梦。

*Photography_* 黄鹭、紫鹃

自二十年前，偶然间得知这一位素蝶般的诗人和他紫梦般的诗，便从此念念不忘。直到如今成为主编，终于有机会「假公济私」，偿了二十年前那个刚刚开始学写诗的高中女生的愿——但愿有谁能够让我更真切、更亲厚地了解他：周梦蝶。

——谈笑静

诗人周梦蝶，原名周起述，到台湾之后改名周梦蝶，为庄周梦蝶之意。周梦蝶 1920 年 12 月 30 日生（农历），河南省淅川县人。出生前四个月父亲因病去世，是为遗腹子，熟读《四书》、《诗经》等。后来因为战乱，中途辍学后，在一棵石榴树下与母亲商榷要逃离家乡，隔日母亲给他十二个袁大头，让他离家。之后在武昌黄鹤楼投考青年军 206 师补充团，1948 年 12 月随军队从上海来到台湾，留发妻和二子一女在河南家乡。

周公从 1952 年开始写诗，处女作《一得之愚》刊载在台湾《中央日报》副刊。1955 年因病弱退役，1956 年加入蓝星诗社。他曾经当过书店店员，1959 年 4 月 1 日起，在台北市武昌街明星咖啡馆摆书摊，专卖诗集、佛学、文学丛书。同年出版第一本诗集《孤独国》。1965 年出版《还魂草》，1980 年因胃病开刀，才结束长达二十年书摊生涯。1997 年，周公获得“国家文艺奖”，人称“孤独国的国父”。

周公惜墨如金，直到八十岁那年《周梦蝶世纪诗选》付梓。《周梦蝶世纪诗选》由老朋友诗人向明及曾进丰教授负责校对。2002 年同时出版《约会》、《十三朵白菊花》两本诗集。2005 年《不负如来不负卿——〈石头记〉百二十回初探》出版。2009 年《孤独国》、《还魂草》重新出版，加上《有一种鸟或人》、《风耳楼逸稿》、尺牍集《风耳楼坠简》出版，并由曾进丰教授编纂年表、作品索引及研究数据索引等做成一套丛书。2011 年《他们在岛屿写作》系列纪录片之周梦蝶专题《化城再来人》播出。

我选择

——仿波兰女诗人 *Wisslawa Szymborska*（维斯拉瓦·辛波斯卡）

我选择紫色。

我选择早睡早起早出早归。

我选择冷粥，破砚，晴窗：忙人之所闲而闲人之所忙。

我选择非必不得已，一切事，无分巨细，总自己动手。

我选择人一能之己十之，人十能之己百之。

我选择以水为师——高处高平，低处低平。

我选择以草为性命，如卷施，根拔而心不死。

我选择高枕：地牛动时，亦欣然与之俱动。

我选择岁月静好，猕猴亦知吃果子拜树头。

我选择读其书诵其诗，而不必识其人。

我选择不妨有佳篇而无佳句。

我选择好风如水，有不速之客一人来。

我选择轴心，而不漠视旋转。

我选择春江水暖，竹外桃花三两枝。

我选择渐行渐远，渐与夕阳山外山外山为一，而曾未偏离足下一毫末。

我选择电话亭：多少是非恩怨，虽经于耳，不入于心。

我选择鸡未生蛋，蛋未生鸡，第一最初威音王如来未降迹。

我选择江欲其怒，涧欲其清，路欲其直，人欲其好德如好色。

我选择无事一念不生，有事一心不乱。

我选择迅雷不及掩耳。

我选择持箸挥毫捉刀与亲友言别时互握而外，都使用左手。

我选择元宵有雪，中秋无月；情人百年三万六千日，只六千日好合。

我选择寂静。铿然！如一毫秋蚊之睫之坠落，万方皆惊。

我选择割骨还父割肉还母，割一切忧思怨乱还诸天地，而自处于冥漠，无所有不可得。

我选择用巧不如用拙，用强不如用弱。

我选择杀而不怒。

我选择例外。如闰月，如生而能言，如深树中见一颗樱桃尚在，如人呕尽一生心血只有一句诗为后世所传诵：枫落吴江冷。

我选择牢记不如淡墨。（先慈语）

我选择稳坐钓鱼台，看他风浪起。（先祖母语）

我选择热胀冷缩，如铁轨与铁轨之不离不即。

我选择行乎其所不得不行，而止乎其所当止。

我选择最后一人成究竟觉

我选择不选择。

——周梦蝶

与红尘有约的蝴蝶

*Text_* 紫鹃

我和诗人周梦蝶先生相识甚晚，几次的诗人聚会仅只寒暄，大约在2006年期间，才算彼此真正认识。2006年底为了《乾坤诗刊》采访和手稿，想请周公用娟秀的毛笔字写签名书，我将九歌增订版的诗集《约会》寄给他，请他签名。前后约莫等了一个月，手稿及书寄还给我，却婉谢了采访，只说空闲时，愿与我去明星咖啡馆喝咖啡。寄回来的《约会》签名书，翻开扉页，第一句话就是："明天又是一年了。"

年复一年过去，我们有时约在明星咖啡馆，有时在台北火车站的YMCA乐雅乐，及天水路上他的秘密基地南施咖啡，有时也远征到淡水、阳明山。渐渐地这几年他衰老得很快，已经无法出远门，只能去家里看他。2013年12月底天气特别寒冷，周公要去洗手间，不慎跌倒在门口，幸无大碍，只是身体一直很虚弱。除了吃饭之外，几乎成为枯叶一般卧床休眠。

前几日我去新店看他，他裹着厚重的被褥，头顶戴着一只毛线帽，一台暖气机在他身边吹拂，风扇不断地传送热气，世界鸦雀无声。我一走近，他睁开眼睛笑了！一开心，从棉被伸出右手，将头上的帽子脱了下来，挥一挥手又戴上去，露出几近掉光的牙齿歪在床上，开始精神抖擞和我侃侃而谈。

善哉十行

人远天涯远？若欲相见
即得相见。善哉善哉你说
你心里有绿色
出门便是草。乃至你说
若欲相见，更不劳流萤提灯引路
不须于蕉窗下久立
不须于前庭以玉钗敲砌竹
若欲相见，只须于悄无人处呼名，乃至
只须于心头一跳一热，微微
微微微微一热一跳一热

——周梦蝶

第五十二回
為悅己者容，復為知己者死。
勇哉晴雯！庶可與太白「素手抽針冷」及子美「美人細意熨貼平，裁縫滅盡針線跡」等詩句，同其不朽。

周公手迹

周梦蝶先生开始摆书摊的前两年，过着居无定所的“游牧”生活。周公每天背着书，带着一块布，从三重坐第一班公交车到台北武昌街，找一个警察不太留意的地方，把布摊开，将书铺在上面摆放。

本来摆好的书摊，忽然警察来了，其他摊贩看到警察就赶快收拾摊上货物。周公警觉性不高，时常来不及收，警察已经站在面前说他影响市容与交通，要罚款。这时候总有人围过来关心，还替他向警察说情：“周公有时一天都卖不出一本书，你们怎么狠心罚他钱？”另一个眉毛粗黑、人高马大卖衣服的说：“如果警察坚持要罚钱，这钱我替他出。”周公一听便说：“那怎么行？一人做事一人当，这钱我一定要自己出。”但警察公事公办，哪管得了这么多，有一次被罚15元，还说这是特别优惠。

1959年4月1日这一天，终于在明星咖啡馆老板简锦锥的认可下，周公于骑楼梁柱上钉了一个书柜，并且取得合法的摊贩许可证。周公形容书柜后面的墙是“墓”，书柜就像“碑”，周公每天坐在“墓碑”前阅读人生百态，对他而言是荒凉的美感，并不觉得恐怖。

除了明星简锦锥对周公十分友善外，另一位向简锦锥租店面的达鸿茶庄老板饶鸿渊也对他十分友好。一次刮台风，大水淹了三天，周公无法回到三重住处，这件事情被茶庄饶老板发现，于是告诉周公：“不要再租三重的房子了！100元房租是个负担，晚上书收摊摆在茶庄，你睡在茶庄，每天也不用坐公交车回三重。”周公听他的建议觉得很理想，因为饶鸿渊夫妇白天在武昌街卖茶叶，晚上8点半就回去新店家。周公睡在茶庄不需给房租，等于替茶庄看门，这是两全其美的事情。于是答应饶老板，一住便长达11年之久。

武昌街卖书，人来人往如行云如流水。一天，一个朋友送周公一张破藤椅。他坐破藤椅，另外买一张圆凳子，准备招待来看他的朋友坐。有些人来聊一聊走了，有时候需要详谈，就请周公到明星三楼喝咖啡。不管男女老幼，只要有人请周公，他多半不好意思推辞就上去。一坐几个小时，谈些庄严的人生哲学、佛学等。

书摊扔在那里没人看管。通常有两种情况，有人在摊位拿两本书，上楼问多少钱，拿书钱给他。另外一种是周公和朋友喝完咖啡回到书摊，发现藤椅或圆椅上有纸条，买什么书，书款多少钱，钱摆在那上面，用石头压住。周公语重心长笑着说：“这是有良心的人。”

周公印象中自己曾经昏倒过一次。在很早以前，一日从三重到武昌街摆书摊，从北门街走到武昌街忽然晕倒。这时候人人出版社的负责人胡子丹，还有北一女中学生张敏，两个人碰巧出现将他扶起来，带到一家诊所看病。医生说：“周公什么病都没有，就是贫血。”

医生问："每天早上吃什么？"周公老老实实回答："稀饭。"医生说："不行耶！营养不够，要吃蛋、肉。"周公表示他从此以后给嘴馋找了一个坚强的理由。

蝴蝶眼里的堪忍世界

《还魂草》里的诗句："穿过我与非我，穿过十二月与十二月，在八千八百八十之上，你向绝处斟酌自己，斟酌和你一般浩瀚的翠色……"周公在明星咖啡馆的骑楼下，时时刻刻背脊挺直地斟酌着自己，他不只阅读佛经、哲学、古典文学，也阅读许多翻译文学，就在方寸之间树立一个清凉的世界。他想脱离滚滚红尘的俗事，偏偏又脱离不了。正因为他多情，善于倾听，许多女孩子都喜欢去他的书摊，听他谈佛学或人生哲理，有时也向他倾吐心事。

曾经有一个女孩子，读过周公的诗，没有见过他的人，便来书摊偷瞄一眼，然后对她朋友说："我还以为他是翩翩美少年，原来是一个干瘪的小老头。"周公与女孩熟悉以后，有一天在武昌街摆摊，一本书也卖不出去。周公心想这样不行，5 点半吃过晚饭以后，转移阵地到重庆南路一家商号前继续摆摊。因为那里有一盏终日不歇、光明辉煌的灯，能够从 6 点开始摆摊到 10 点，至少还有四个小时可以卖书，也可以在那里看书。

到了晚上这个女孩子又过来找周公，她唤周公为周梦，不叫蝶。女孩说："周梦，我今天公司发薪水，口袋有钱，想要吃什么我买给你吃。"周公说："不用了，晚饭刚吃过。"女孩说："你几点钟吃？现在已经 10 点，四五个小时应该饿了！"后来，她到明星买了葡萄干面包给周公吃。周公心想既然拿来，就赶快把它吃下去。女孩看他狼吞虎咽的样子说："还说你不饿，你看你的吃相好像饿鬼转世。"其实周公狼吞虎咽并不是因为饿，而是面包买来非吃不可。既然要吃，就赶快吞下肚，好腾出一张嘴跟她聊聊，但她完全不明白周公的用心良苦。

农历新年假期一整个星期，茶叶店没开，周公也不卖书。有一个年轻的少妇，连续好几年都邀请周公到他们家过年。这一年她丈夫外出，临走前对她说："今年我要外出不能在家里过年，年年周公都在我们家过年，不能因为我外出就失礼，你还是要请他过来。"话虽如此，周公仍然不敢怠慢。先前三个人可以有说有笑高谈阔论，唯独跟那位少妇就活泼不起来，所以那一年周公没去他们家过年。周公说："你不要问我为什么不去，如果你先生回来，就说我来过了！"

这位少妇买了一个明星小蛋糕给周公，他正好不在，托别人代转。事后，少妇问："蛋糕收到没？"周公答："收到了！”少妇又问：“吃完没有？”周公答：“吃完了！”少妇再问：“好不好吃？”周公答：“好吃。”少妇忍不住又问：“既然好吃，为什么不写封信谢谢我或打电话给我？”周公答：“良心没有发现。”少妇说：“你还有良心啊？”周公答：“只剩一点点了！”其实周公的一点点，是很多良知与禁忌织成的网，这张网也是他一生引以为戒的网。

曾经有一个长发披肩、嘴唇小小薄薄的很漂亮的大学女生来找周公，请他在明星三楼喝咖啡，原来她要周公指导她写论文。因为教授出了五个题目，让她自己找资料自由发挥。这女孩子平时不用功，每天打扮得光鲜亮丽，一天到晚玩耍，根本无法交差。

周公说：“光一题‘孟轲性善、荀卿性恶论两者有何不同’就可以写很长的文章。”结果周公指点她该找什么书，找什么文章参考，节录下来七拼八凑交卷。女学生没通过，又来找周公。两人在明星三楼切磋，周公说一句，她写一句。写完之后，周公通篇看一遍，此后不见踪影。寒假过完，她来，周公问：“论文过了吗？”女学生说：“通过了！”周公又问：“得几分？”女学生满不在乎回答：“不知道。”

受《红楼梦》影响的蝴蝶

周公喜读《红楼梦》，自幼受《红楼梦》影响甚深，因此在2005年时出版《不负如来不负卿——〈石头记〉百二十回初探》。我说他分明就是红楼梦里吃胭脂粉长大的贾宝玉，对于每一个“妹妹”都招架不住。我曾戏称他为“宝爷爷”，为此，2007年在他大病进加护病房时还耿耿于怀，告诉我：“以后不准你再叫我宝爷爷，不然，跟你绝交。”“绝”字我没听懂，他却用虚弱的手，在我的笔记本留下残忍的字迹。

一回我对周公说：“有一件事情对您说，但您不能生气。”周公点点头。我对他说：“您所有作品里，我最喜欢的不是诗，而是《不负如来不负卿——〈石头记〉百二十回初探》。”周公闭上眼睛沉思许久。我问：“当初基于什么毅力让您写下这本书？”周公双手交叉继续沉思，我便不再多问。这是我们之间的默契，他不说的，我绝不多问。

和周公熟识后，我们话题常围着《红楼梦》打转，因此我买下《不负如来不负卿》请他签名。翻开扉页，他题温庭筠的《商山早行》“鸡声茅店月，人迹板桥霜”送我。周公作风严谨，在还给我书之前，将书中所有错误之处，或添加或删除的部分一一用红线标示，并亲笔用毛笔字更正。

《不负如来不负卿》右页为周公的小楷字体，左边为印刷体字，我之前曾说过周公的诗“拖泥带水，欲言又止”，但《不负如来不负卿》则不然。

雞聲茅店月
人跡板橋霜
溫庭筠商山早行
公元二〇〇八年二月廿九日
梦蝶

周公手迹

此书每一章回里的眉批，岂止是初探而已？周公已将《石头记》里人情冷暖道尽，并将自己融入书里。这里面有太多丰富的“人味”，这些鲜活“人味”，或风趣或哀叹或欢喜，便是周公与贾宝玉之间重叠的部分——“多情与情深似海”一颗活灵活现的石头。然而情非情，意非意，法非法，理非理，都因时间流逝而惘然成灰了！

谁能将《石头记》精辟用三言两语说穿？唯有住在红楼最高层的老诗人周梦蝶先生矣。

十三朵白菊花的迷思

“一念成白！我震栗于十三／这个数字。无言哀于有言的挽辞／顿觉一阵萧萧的诀别意味／白杨似的袭上心来……”当我读到周梦蝶先生的《十三朵白菊花》这首诗的时候，脑海里浮现出1966年9月13日的影像。

我问周公：“是不是真有十三朵白菊花放在藤椅上？”周公回答：“不能问我的书摊子上是不是真的有十三朵白菊花。花是有的，有一天我从外头走回书摊，发现藤椅上有花，这是真的。但不一定是菊花，而且不一定是十三朵。为什么要说十三朵？因为西洋人的观点，上坟买些菊花摆在坟头上。为了美丽的理念、智慧的理念，我说它是十三朵。虽然这不是真的，但不妨碍它的诗性，说十三朵为了艺术的完整性。”

周公又言：“对我来说，每一天都是同样一天，13日星期五照样有人结婚，照样有人死，怎么能说这一天就不吉祥呢？常常读佛学书，就想到人的终极死亡。而菊花带有死亡的象征，13日星期五具有美丽又不祥的双重矛盾的特质，这么一来诗在思想情况上就有活动。那天一回来看到花就想到死亡，假定十三朵是美丽地死了！”

十三朵白菊花

于自善导寺购菩提子念珠归。见书摊右侧藤椅上，有白菊花一大把：清气扑人，香光射眼，不识为谁氏所遗。遽携往小阁楼上，以瓶水贮之；越三日乃谢。

从未如此忽忽若有所失又若有所得过
在狭不及房的朝阳下
在车声与人影中
一念成白！我震栗于十三
这数字。无言哀于有言的挽辞
顿觉一阵萧萧的诀别意味
白杨似的袭上心来；
顿觉这石柱子是冢，
这书架子，残破而斑驳的
便是倚在冢前的荒碑了！
是否我的遗骸已消散为
冢中的沙石？而游魂
自然数里外，如风之驰电之闪
飘然而来，低回且寻思：
花为谁设？这心香
欲晞未晞的宿泪
是掬自何方，默默不欲人知的远客？
想不可不可说劫以前以前

或佛，或江湖或文字或骨肉
云深雾深：这人！定必与我有种
近过远过翱翔过而终归于参差的因缘
只一次，便生生世世了。
感爱大化而情
感爱水土之母与风日之父
感爱你！当草冻霜枯之际
不为多人也不为一人而开
菊花啊！复瓣，多重，而永不睡眠的
秋之眼：在逝者的心上照着，一丛丛
寒冷的小火焰……
渊明诗中无蝶字；
而我乃独与菊花有缘？
凄迷摇曳中。蓦然，我惊见自己：
饮亦醉不饮亦醉的自己
没有重量不占面积的自己
猛笑着。在欲晞未晞，垂垂的泪香里

与蝴蝶对坐

周梦蝶 × 紫鹃

与周梦蝶先生喝咖啡的时候，
我们时常蹦出一些对话。

论福气

蝶：福气有厚福、艳福、清福、懒福、口福，我享的是懒福。

鹃：我喜欢享清福。

蝶：清福难享。

鹃：若心不清静，怎么单纯？

论清静

蝶：眼耳鼻舌身意谈何容易？做不到啊！

鹃：出家人都做不到了，你又何必做到？

论多情

鹃：诗人多情应不应该？诗人应是多情吗？

蝶：多情没什么应不应该。

论待客之道

蝶：我慢慢学习做主人。

鹃：不用做别人的主人，要做自己的主人，做客人的人也应该客随主便。

论美人之美

鹃：我喜欢看人，男人、女人、小孩、老人都喜欢。

蝶：美人之色，可以养目。诗人之诗，可以养心。

论人

蝶：人就是人。

鹃：兽也。

蝶：那是恭维人。

论苦难

蝶：痖弦说：“没有苦难，就没文学。”有苦难的地方，就有杜鹃。

论故乡

蝶：人在哪里，故乡就在哪里。我的故乡是所有人的故乡，我的归宿是万有的归宿。

论禅

鹃：人家都说您是禅师，您的看法呢？

蝶：我是馋师，嘴馋的馋。

鹃：您又不爱吃。依我看，我们都是纠缠不清的“缠”吧！人免不了七情六欲，人与人老是纠缠不清，脱离不了关系。也许叫您生活师比较贴切，您的生活类似颜回的生活。孔子说：“一箪食，一瓢饮，在陋巷，人不堪其忧，回也不改其乐，贤哉回也！”我想，我们都该学学颜回，学学您，简单就是福气。

论惭愧

蝶：觉得活得很惭愧。世界为我牺牲很多，我对世界毫无贡献，我应该有所报酬回馈给世界。

鹃：您做得已经很多了！您留下可以流传千古的诗作，留下诗人的傲骨与清贫的典范，您并没有亏欠这个世界什么。

论懦弱

蝶：我觉得自己很懦弱，赤手空拳什么也没有。

鹃：天底下哪一个人不是赤手空拳来去？出生的那一刹那就是赤手空拳。我们都是懦弱的，越老越坚强，越活越回去越退缩。（蝶与鹃大笑）

论说话

蝶：有时候朋友见面了没有话说。

鹃：没有话说，就不要说话，彼此心眼领会就好。

论诗人使命

鹃：您觉得诗人要有使命吗？

蝶：诗人要有使命。他的使命是做上帝的耳目，去探索人情物理的奥秘。因为诗人敏感与生俱来，探索之后有所发现，用诗呈现出来。

论痛苦

蝶：这世界上苦人真多。

鹃：不苦，不是人生啊！

鹃：那您苦不苦？

蝶：这个问题我不想回答。（鹃对蝶吐舌头）

蝶：历史学家认为中华民族是最能承受痛苦的民族，几近绝望都能站起来。

梦蝶往事

*Text_* 向明

工作室

周公的工作室？

我那战后出生的小友品克总是黏着我这老KK[1]，问些奇奇怪怪的问题。昨天他的一问，把我吓了一大跳，他说："向老，你的老友周梦蝶曾经有家工作室，你知道不知道？"我说你再讲一次，这又是哪个狗仔队告诉你的。他说是报纸登的，不是什么狗仔，而是美食名家韩良露的专栏报道，她说："明星咖啡屋曾经成为小说家黄春明、诗人周梦蝶的工作室。"我回答他，名家写的当然有她的权威性，不过我这个当年经常到周公那里去的"蓝星同人"（我们同属蓝星诗社），看到的好像大有出入。

不错，周公在台北市武昌街二段二十三号的门口走廊上摆过二十一年的旧书摊，但那只是在靠街边的廊柱旁，斜靠一块门板大的书架子，而且斜度不能伸到走道上来，以免影响到过路行人，他也只能有张圆高脚凳在一旁歇脚。就是那方寸之地也得向警局备案，取得一张摊贩许可证才行。至于他正对面不过五尺远的明星面包店（Astor Bakery），对我们这些当小兵出身的人而言，是一块可望而不可即的"禁地"，不是店里不欢迎我们去，而是我们荷包空空去不起，只能闻闻店内溢出的阵阵面包香流口水。那时周公经常只能吃两块钱一碗的阳春面，能加一个卤蛋便算是打牙祭。要是能够从报社收到一笔一首诗的稿费，他便嚷着他已"经济起飞"。但他那千元左右的稿费，并没有拿来改善生活，而是用来还书债，因为他那书架上全是书店不愿销售的新诗集，他得给卖书的多少还人家一点老本，虽然大家多半不愿收他的钱，但他却非常坚持。另外，周公爱才，只要他认为写得好的诗，他会去买一大批书送人，而且绝不让人知道。

周公在武昌街摆书摊那个时候，尚没有工作室这个新名词。他的工作，也就是他写的诗、文和瘦金体式的书法，说来难以置信，都是在一只直径十寸的圆凳上完成的，坐的是用肥皂箱木板钉的小矮板凳，共有两张，另一张供客人坐。

人多时就都坐在街边上，也是从军中下来捡破烂维生的诗人曹阳，就是爱坐街边的一个。此人背着一个竹筐，拾荒转到武昌街附近时便会来到周公摊位，有时拿出刚完成的诗和周公讨论，有时则乘着酒兴骂大街，周公则默默应对，手仍在圆凳上用笔刻字。

从军队孑然一身下来的周公，不但贫无立锥之地，晚上睡觉的地方更是问题。最早他在三重埔花100元一月租一床位，每天早上走路到武昌街来摆摊。后来床位租到了武昌街后面的菜市场，算是方便了些。那床位我曾经去看过，真是像鸽子笼样，只一张床的空间，人从床头爬进去睡觉。直到六十年代中，明星隔壁茶叶店的老板娘见他生活得这么辛苦，要他在每天打烊后睡进店内的长凳上。他说这样像住进了天堂，因为可以使用

---

[1] 老KK，闽南语"老扣扣"，形容老人家跟不上年轻人的步调。

店内的盥洗设备，而且不用付房租，等于替人看店。明星是以俄式风味的面包西点出名，价钱要比汉口街上丽华的日式西点贵得多，我们通常吃不起，至于那楼上的咖啡西餐，更非我们所能光顾。记得那时我们交了女友，总要带到周公的摊位去给他品评一下，也不会带上楼去喝咖啡吃西餐，顶多请到旁边吃碗排骨面，那时也不时兴喝咖啡。周公那摊位后来成了台北市的一个景点，慕名而来者无日不有，但都只是探望一下周公，或拍照留念，几乎很少人上楼去消费。周公更是得死守那张圆凳子，因为说不定会有人来买书，或者来向他请教问题。至于这些年一再报道好多现在的名学者、大作家、大师级的诗人都是出自那个楼上，我一点也不知道。只记得管管和袁琼琼从左营到台北来结婚，曾到楼上咖啡座碰面，我为周公也要了一杯咖啡，他加了六包糖。

灾难与脱险

电脑送修，让我有了时间的空隙，以为可以趁此读些未能读到的好书，谁知周公此时却被“乘虚而入”。只要有空就照顾老诗人的紫鹃来紧急电话说，周公被人发现身有重病，送进了慈济医院，而且是非等闲之辈可住进的加护病房。我一听，这可“代志”（问题）大条了。于是这几天来，我便多次去了大坪林去探望这位风烛残年的老友。

周公这次住院是因发现他心脏衰竭，几乎已达必须插管维生的境地。经过医生的急救，虽未严重到必须立即动手术插管，却在各种检查下，发现他除心脏衰竭严重外，肾功能也衰竭到可能导致尿毒症的发生；而肝脏亦已硬化，胃也发炎（他早年即已切除四分之三的胃），总之五脏六腑无一完好，如将他比拟成一部机器，主要零配件均已不堪使用，几乎已达报废的期限了。周公和我们一样都是有血有肉的人，并非冷冰冰的机器，因此我们得用各种可能医治的方法，恢复他的健康。他的病况消息一经外露，马上传遍海内外，赴医院探病者络绎于途。最辛苦的是周公的得意弟子、高雄师大中文系曾进丰教授，自获知周公住院之日起，即往来奔波在高雄与台北之间，受周公之托，为他处理巨细无遗的各种琐事，其尽责细心的程度，恐怕亲生的子侄也缺这份孝心。

其实周公的灾难已不只这一次，两年前也是在新旧两年节之间发生过的那一次，要不是女画家薛幼春机警，找锁匠破门，救出独居在家已不能行动的周公紧急送医，再迟恐早成遗憾了。因此我们会发现，周公这种情况是因病魔及衰老再加上单身一人，无人随时照顾等因素加诸一身所造成的，于是恶魔便以为“有机可乘，有隙可钻”，开始下手了。周公一生身心都处在虚空状态，他已把他固有的潜能和微薄的生命力，全都投资在他挚爱的诗文学上，其他一切身外之事，甚至对他的伤害，他都一无所知。举一最近以来的例子，每有饮宴邀他参加，只要向他敬酒，他总是满怀

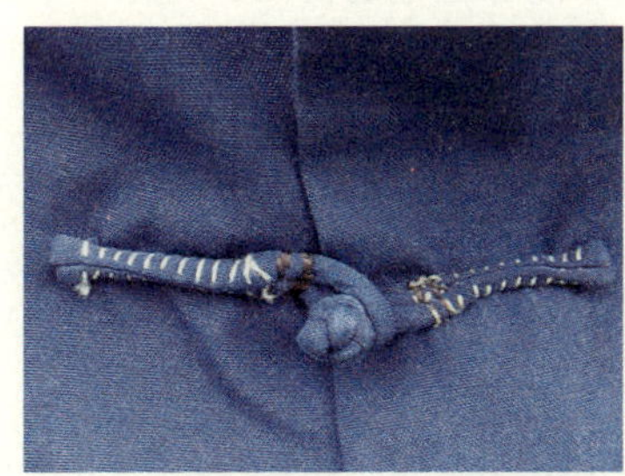

虔敬地将满满一杯酒一饮而尽，而且只喝烈酒，其他红酒等类绝对不沾，好几次他连干十杯白干，面不改色，豪气干云。我们在旁连阻止都来不及，而他却若无其事，殊不知，要他命的杀手，已偷空潜入他的体内了，否则肾脏和肝以及胃怎会通通都出毛病？

周公本乃一退役老兵、孤家寡人，孑然一身来到台湾，因病退役后，便流落在武昌街明星面包店前摆旧书摊维生，但他书架上零落摆的却尽是本来就没人要的诗刊和诗集，因此收入就非常可怜，常常一天只能靠一个馒头或一碗阳春面果腹。他身体羸弱，骨瘦如柴，其实是很早就因缺乏营养种下祸根的。后来他虽获准住进荣民[1]之家，但荣家位在台东，他没法割舍台北这个他已熟悉的环境和他相依为命的文学事业，将在荣家就养时的微薄给养领出，留在台北自谋生活，区区万把块台币只能供他吃最简单的食物，住郊外最简陋便宜的租屋。所幸自1998年他七十八岁时，始入居他的入室弟子曾进丰为他提供的新店五峰山下单人套房，这才免除他过去十二年来四处无根搬迁之苦。但进入老境的他，现在最最需要的是身边有一个二十四小时照顾他起居饮食的人，使他能过正常生活，才能保住他的健康，阻绝一切危害的入侵。

这次他的紧急送医，所幸在几位他最亲密的诗文好友，如诗人曹介直夫妇、评论家傅月庵夫妇、女画家薛幼春、女诗人陈育虹、一直义务关心照顾老病文人的黄月琴女士，以及《文讯》总编辑封德屏女士，曾进丰、紫鹃及在下等共同努力祈福之下，以及慈济医院的倾全力医治，他总算脱离险境，日前回到他的独居房静养了。当然因有前车之鉴，这次我们竭尽各种可能，为他请了一位随时在他身旁照料的特别护士。为了抢救这位国宝级的诗人，我们再也不敢大意，绝不能让虎视眈眈的病魔，再次

❶ 荣民是台湾对退伍军人的简称。

向脆弱的诗人钻空偷袭。

周公三愿

周公写《不负如来不负卿》一书，写到《红楼梦》第五十四回的读后感时，忽生痴想，提出三愿，非常精彩：

一愿有生之年，有耳不闻乌鸦，有眼不识喜鹊。

二愿普天下七旬以上老人大清早都有枣儿熬的硬米粥吃。

三愿本省职业妇女一个个薪高事少离家近，不着露脐露背装，且不红杏不小月。不小月者不流产也。

2005年初《中华日报》副刊主编吴涿碧女士拟制作《名家谈红楼梦特辑》，托我约周公写点什么，他老二话不说，一口答应，于是年十二月初如期完成。周公对这篇约稿非常慎重，用毛笔在大张宣纸上，一字一笔将曹雪芹的《红楼梦》一百二十四回，一回一篇文章写就，取书名为《不负如来不负卿》。共动用玉版宣纸二十四张，长度约二十米，看来俨然乃周公自成一体的书法滚动条长卷。周公早欲为《石头记》做研究探讨，曾数次由末回起读，溯回而前、缠绵婉转，仆而复起者屡屡，最后终抵于成，完成心愿交稿。

周公此书虽以《红楼梦》为蓝本起意写成，然“红楼一梦”只是一个借题发挥的特写意象，其实古今当下、巨细无遗的各种学问，任何角落里的腐朽蛛丝马迹都逃不脱他的火眼金睛，或发观感，或道针砭，或兴怨叹，尽落在他的笔下。读的人如果仍以为那只是宝玉哥哥和黛玉妹妹那些爱欲风流的老套，便会错过周公对此世间满怀关爱的苦心了，否则他何必连露脐装或度小月这些妇女小毛病都会去提起。

周公此三愿写于九年前，九年来周公曾因病危三度进出医院，情况非常令人担心，我们这些老友几乎全力以赴地设法抢救，现虽已稳定下来，但已需专人日夜照顾。他的第一愿上半句“有耳不闻乌鸦”，恐怕已不是他可以充耳不闻的问题，而是现在他已听力减退得十分厉害，不但讨厌聒噪的乌鸦打扰不到他，就是女诗人紫鹃的温柔询问也得附耳大声才能听到几分。令人惊奇的是周公的视力一直未曾衰退，至今九十余岁眼睛从未老花过，每日仍必定要看报纸，尤其报纸副刊的诗，他一定细看，至于谁扮喜鹊，谁是乌鸦，他一向了然于心，从未有任何置喙。

周老乃北方人，他愿天下老人大清早都有枣儿熬粥吃，这是一个最最卑微的愿望，但在这一切都讲究“立时可取”、“方便快”的现代社会，老人这个愿望也近乎奢侈了，谁有工夫去慢火熬粥呢？哪里还找得到忠心耿耿的下娘为做羹汤？职业妇女没有那种闲情，所以周公这三愿恐怕只是他的一份心思罢了。

负雪孤峰

——漫谈周梦蝶的诗

Text_曾进丰

不许论诗，不许谈禅
更不敢说愁说病，道德仁义
怕山灵笑人。
——周梦蝶《落樱后·游阳明山》

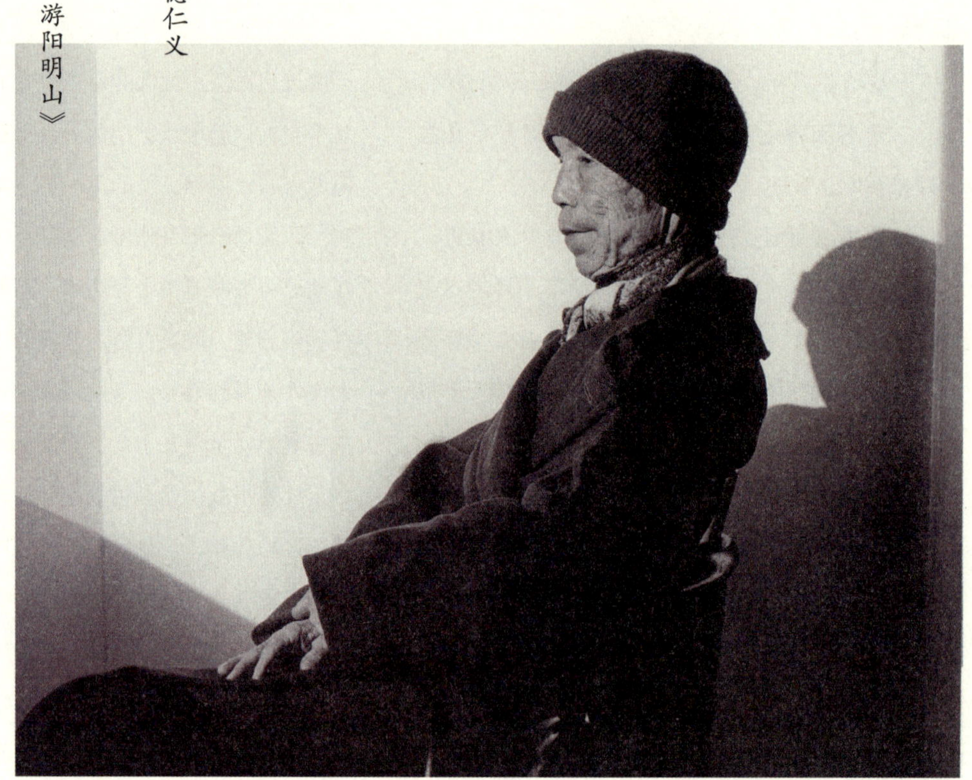

周梦蝶总是浓缩再浓缩，低调又低调，似乎非常超现实，却又何其真实。谈论其诗，推敲禅境意趣，极易坠入痴人解梦迷障，再有浪漫情事、传奇色彩层层帷幕，只怕入而难出；然而，即便“先知”笑人，也是似雪纯净，如月温柔。

一、人间有情：主题六类型

具植物性格的周梦蝶，怀抱极深的寂寞感。以生命为诗，弥合现实缺憾，惨淡经营，字悲语寒。二十世纪五十年代崛起台湾文坛，写下一页传奇；六七十年代“梦蝶热”现象，构成事件。1953年于《青年战士报》发表第一首诗《皈依》，到2009年《无题》封笔，诗龄逾半世纪，诗作超过三百篇，有诗集《孤独国》、《还魂草》、《十三朵白菊花》、《约会》、《有一种鸟或人》及《风耳楼逸稿》。

周梦蝶借着哲人似的苦思冥想，撑持诗人的百般孤独，在入世与出世之间徘徊，有遗世独立的“孤高”情怀，也有悲天悯人的宗教意识，既渴求离群，又热情介入。生活闲逸自在似野鹤，生命则不免纠葛缠裹，花魂蝶影，血泪不尽。时时有浪漫的需要，却又不断地以理性压伏，结穴于诗中，既充满承担负荷之疲惫，复弥漫澄净超脱之清凉。近一甲子诗生命，关注层面包括温暖授受、思亲慕远，或参与造化、物我两忘，或原罪与宿命、禅悟和出世，唯皆不曾须臾逸离“人间”。细析主题内容，可分爱情的沧海、灵肉的矛盾、生命的观照、遥远的思慕、刹那与永恒、禅意与悟境等六类。近二十首《无题》及《孤独国》、《还魂草》，堪为情诗代表，以至于《约会》里的《约翰走路》，如同王尔德（Oscar Wilde）诗剧《莎乐美》之取材《新约·马太福音》，慨叹施洗者约翰因苦谏触王怒，遭系囹圄，又峻拒王女莎乐美合卺之邀，王女负愧抱恨，欲得约翰人头始慊其心。第二节诗行至苦至悲：

以苦艾与酸枣之血酿成
不饮亦醉一滴一卮一瓢亦醉
不信？世界乃一酒海
在海心。有几重的时空
就有几重酩酊的倒影

求之不得必欲其死，毁灭性爱情，等同生命大灾难。至于尘里尘外冷热交战、圣凡灵肉拉锯挣扎，或思亲念土、乡愁郁结，或凝驻丰实瞬间、照见永恒生命，或通透禅意、流泄禅趣者，又弥漫扩散于字里行间。然则，梦蝶企慕幽远，频生出尘之想，诗意地栖居市廛，实得陶、谢以至唐宋隐逸诗人之一瓣心香；以及探人性幽微，究生命潜流底蕴，直面死亡，进而从容超越，允为最大特色。

“我唯一的向往和追寻是死。它比我坚强得多，我爱它！”（《我打今天走过》）周梦蝶援引徐志摩日记，并仿其句式口吻如是说。深度沉思死亡，不断地与之周旋、对话，了解宇宙唯一确定无疑的东西，只有死亡。进而赋予死亡幻美想象，建构死后理想世界，同时，通过艺术拯救途径，以诗之不朽，创造生命的圆满。

周梦蝶面对生死大事，好整以暇地说道：“我喜欢慢。我要张着眼睛，看它一分一寸一点一滴地逼近我，将我淹没……”（《致史安妮》）诗人眼里，死亡可触可亲可感，可以为我“斟酒”、在我“掌上旋舞”，可以“搂着”它；甚而有奔赴密约，与之相煦相濡，至于忘死的冲动（《死亡的邂逅》）。二十世纪六十年代以前，深受存在主义影响，思索虚空、存在意义，人生悲苦色泽浓郁，又常将爱与死连接，《十月》、《回音》、《关着的夜》、《咏野姜花》、《囚》等，悼念情逝人杳，穿透阴阳，上穷碧落下入黄泉；《重有感》一缕香魂，象征千古善女子的永生不灭。

“刹那生灭，去不复返”，时间的尽头即是死亡。周梦蝶具强烈的时间意识，自创作伊始，即展开永无止境的追寻。《孤独国》、《还魂草》时期，诗人一再追踪“这个专以盗梦为活的神窃”(《十月》)，直到二十一世纪，犹不免慨叹：

几人修到时间？
月可热日可冷，无量百千万劫
犹童！（《试为俳句六帖》之四）

2003年发表《静夜闻落叶声有所思十则——咏时间》，以近百行的组诗，深情逼视，展开对话。或掘发时间本质，记录生命的苍翠与凄迷；或体悟人生终究苦空，悲悯感慨，呼求早日解脱苦难。之九，写述百千万亿年来不变的爱情：“世界原自不甘寂寞来，有一款芳名卷施的细草，尚根拔而心不死……”毁伤的剧情重复上演，诸神也只能默默。之十，如尊者开示，寒岩下，花开水流，无边的清旷与闲逸，唯无欲无求、与时间同修俱老者享之，至于无量劫来的输赢结果？真如“垂垂入定的尊者说：老衲连看也懒！”花不着身、纤尘不染，方得真解脱。

周梦蝶认为生有人间之劳苦，死则能彻底放下，想象在墓穴里：

绝绝没有谁会对谁记恨
绝绝没有——谁，居然
一边举酒，一边亲额，一边
出其不意以袖箭，以三色堇
滴向对方的眼皮（《在墓穴里》）

死后世界（墓穴里）不再有恨、有竞争，只有真心相待、寂静和谐，肉体和精神获得双重自由，近于《庄子·至乐》中髑髅申说的南面王乐，几乎成了另类“孤独国”。周梦蝶以因缘生灭观照生死，体悟成、住、坏、空周而复始，轮回永无止境。循此思维看待死亡、表现死亡，证悟“冷冷之初”也是“冷冷之终”，去来之间无始无终，从容且无负无憾。

二、秩序生长：风格五阶段

二十世纪五六十年代，周梦蝶自孤绝出发，咀嚼生命的浓黑，同时开启了温暖的想象；1962年起，虔心礼佛习禅，以街头为道场，摆荡于圣凡、情智两端，矛盾挣扎而难遣的悲情，一一凝铸于《孤独国》、《还魂草》和《风耳楼逸稿》。《十三朵白

九行二首

周夢蝶

之一

不信先有李白而後有
黃河之水。不信
菊花只為淵明一人開，
風從思無邪那邊
步亦步趨亦趨的吹過來。
上巳日。子在川上曰

周梦蝶与本文作者曾进丰

之二

水哉水哉水哉
逝者如斯。不信顏回未出生
已鬢髮皓兮若雪，
水仙在清水白石上坐著。
水仙說，我是花
只為自己而開，
每一個誰，水仙說
都有他的本分事業——
誰能使已成熟的稻穗不低垂，
誰能使雞鴨不入卦
使草不千里，而啄木鳥的手
不打賈島月下的門，

菊花》汇辑七十至九十年代作品，诗人从边陲走进“里面”，寝食人间烟火，感爱参差因缘，活泼演绎佛法禅意；《约会》收录九十年代以迄世纪末所作，欣然交接宇宙万象，时生蒙庄化蝶之乐；新世纪作品集《有一种鸟或人》，戏谑挥洒，流露率真诙谐与从容自得的趣味。周梦蝶糅合古今事典、东西方宗教，通变生新，不论是时间、生死的观照想象，或是情、欲的转换变貌，以及与宗教的接轨分合，笔触冷静内敛，诗意典丽深邃，呈现悲情中寓温情，写实中具非写实之风姿。微观其进程或有承有转，整体则见其内在秩序之生长。

宁静孤绝

《孤独国》时期的周梦蝶，刻意隔绝外界风景，瑟缩于边陲角落，终日读书冥想，冷肃探看身里身外。多以直叙手法书写内在生命经验，《川端桥夜坐》、《孤独国》、《寂寞》、《石头人语》、《北极星》、《司阍者》、《独语》、《晚安，刹那》、《上了锁的一夜》等等，深情入于物而悲己悲天。内容不够开阔，语言倾向概念化，诗境确以“宁静”为特色。

首先，探勘生命并感受爱情的魅惑与不可思议。世间冷暖万端皆肇因于情，人则因妄想执着而陷溺苦境，往往泪尽血流尚不能跳离，《默契》、《索》、《畸恋》及诸多《无题》诗，印证它是“一切无可奈何中最无可奈何的”。其次，悼念时间的流转迁逝，寂寞如影随形，而生入世苦行与亘古负重之慈悲，如《让》、《在路上》、《现在》、《冬至》、《乌鸦》、《行者日记》等。再次，紧紧偎抱孤独，审顾世间荣枯，并想象自足天地，挖掘“此在”意义。《孤独国》在时间之外，只有一个圆满的现在：

过去伫足不去，未来不来

我是“现在”的臣仆，也是帝皇。

置身静止的瞬间里，直接与上帝交流对话，于此神秘经验中，解悟永恒。五十年代的诗人毕竟孤独却不是缺憾，在孤寂淹没中，在落雪寒冬里，他编织着春天的梦（《冬天里的春天》），宁静地垂钓独乐帝国。

苦情雕饰

现实生活中，渴欲解消困顿、逃脱俗缘的周梦蝶，却又多情地手指红尘、涉足人间。《还魂草》情感辐射多方：写世间万般情、智、欲，剖幽邃人性，以及借助宗教逃脱迷惑缠陷、丧灭情意的斑斑历程。意象繁复多变，佛禅典故运用益趋稳熟，语言则出入古今新旧，简净洗练。叶嘉莹《雪中取火且铸火为雪》之序言，洵为不刊卓评，且在融通禅境与诗境上，提供了诠解之津筏。

《红与黑》一辑，全以“月份”为题，或抒理念、向往，或写寂寥、鬼魅，彷徨于情、理、定、乱之间，不知何去何从。如《二月》写缠绵宿缘，

《七月》流露“隐逸”心态，《六月》、《六月之外》等作，有灵的冲突、欲的诱惑与可买办的爱情，《十三月》乃死灵魂之独白。《焚麝十九首》一辑，诗人在醒觉到孤注一掷而义无反顾对待的，竟是错觉、幻觉纵横交错的浪漫，试图埋葬诸多柏拉图式的故事，愿一切从来不曾发生。《囚》哀此生已休，更待来世，抒发一股弥天漫地而令人骨折心惊的悲情，将一己悲痛提升到比附日月，将小我伤逝化作永恒同情，超越时空幽冥，延伸出旷古以来生死悬隔的渺然与创痛，痴绝亦复悲绝。《七指》一辑，旨在对人性此一无限的矿场，做多方面可能的探测和掘发，进而抽绎出几项“或然”、“必然”和“超然”的纲目。《菩提树下》、《山》、《行到水穷处》，分别照应大指、中指、小指；《豹》诗，既象征情欲，同时暗示诗人的自我逃避。

《还魂草》中还有不少诗篇进行对禅思的捕捉与宣示，渴望借此得到抚慰，得到一份支持与解脱，如《摆渡船上》精微妙谛似禅偈；《闻钟》、《还魂草》、《托钵者》、《燃灯人》、《孤峰顶上》等，听闻钟声尘虑皆忘，趺坐菩提树下欣喜悟识；由托钵、摆渡到舍筏登岸，挺立孤峰之巅，与自然交感，终而托化为灯，燃亮千千万万：

> 没有惊怖，也没有颠倒
> 一番花谢又是一番花开。
> 想六十年后你自孤峰顶上坐起
> 看峰之下，之上之前之左右
> 簇拥着一片灯海——每盏灯里有你。
> （《孤峰顶上》）

历波澜而趋平静，这种欣喜、孤危，颠扑不破，真实无瑕。

诗人抱持着“服役于痛苦”的勇气，转化入世沉哀，征服生命悲苦，要“将事实之必不可能者，点化为想象中之可能”（《致张信生》），诗乃成为诗人理想隐喻。周梦蝶诗中诸多温柔情事，悠然之境，殆为想象的扩张、苦闷的变形与现实的突破。艺术手法上，大量汲取西方文学养分，已展现跨越传统、拨奏现代的不凡能力。

冷香兀自袭人

周梦蝶人瘦、语瘦，境亦瘦，一向予人“思致清苦”的印象，此尤以《还魂草》时期最为典型。《十三朵白菊花》延续冷凝色调，唯在取材及表现上，渐趋轻松、生活化。八十年代的周梦蝶，体认到人离不开人，真正走入世间，又能渐次脱却其中，言禅思、谈哲理不再蹙眉愁容。

周梦蝶不喜抛头露面，更别说与世俗周旋了，却在胭脂涨腻、莺燕飞舞的台北都会，蜗居了大半辈子。他深知感情的十字架太重，既背不动也不愿成为别人的十字架，乃“以佛咒掩耳，枕流而卧”，借助梵唱和山水清音断离喧嚣、荡涤浊秽，甚而：“霜杀后倒垂的橘柚似的，坚持着：不再开花”（《无题》），独身或兼身，荒凉的自由与温馨的不自由，诗人做了明智的抉择。

周梦蝶偏爱充满意外、诡谲、不可预知的数字“十三”，象征美丽与哀愁，成仙成灰皆可，诗题有《十三月》、《吹剑录十三则》和《十三朵白菊花》。主题诗始于萧萧的诀别，终于感爱大化、生命的赐予，充分体现佛家轮回观。诗人演绎佛法哲理，渐褪去凝滞板重，如《灵山印象》解悟“拈花微笑”，重在以心传心、灵犀交通；《空杯》衍释无我无别、苦空无常之说；《好雪！片片不落别处》一诗，自酝酿以迄完成历数十寒暑。作为“一切从此法界流，一切流入此法界”（《华严经》）之脚注，分六节计三十三行。造语纯净，意境透彻玲珑。摘录末节诗行：

“风不识字，摧花折木。”
春色是关不住的——
听！万岭上有松
松上是惊涛；看！是处是草
草上有远古哭过也笑过的雨痕

穷究宇宙终始，万象本自清净，纤尘不立；万法无中生有，复返归于无形——且听那松涛漾漾，看那草色青青，春色妙不可言。

此外，《九宫鸟的早晨》兴会淋漓，鸟儿婉转嘹亮地一叫，“于是，世界就全在这里了”；《老妇人与早梅》车上偶遇一老妇，姿容恬静，额端刺青做新月样，手捧红梅一段，竟驰想其十六七岁模样，惊呼“春色无所不在”。又有咏物移情者，如《于桂林街购得大衣一领重五公斤》，迭生似曾相识之感，“乃鱼水一般地相煦相忘起来”；《蓝蝴蝶》的自觉自足；《疤——咏竹》的感激感动；《两个红胸鸟》是久违的一渔一樵，寒暄晴雨桑麻：“赏心岂在多，一个说：拈得一茎野菊，所有的秋色都全在这里了。”一切皆缘于不期而遇。此一时期诗作，氤氲幽静气息，散发出菊花般的淡雅冷香。

人生独特解会

周梦蝶隐逸思想，栽植于《孤独国》，滋长于《七月》，追随绝欲遗世、自觉独善者流，以及遨游大化的庄周、回归自然的梭罗。约莫同时的《九月》，要“访问南山”，啜饮“浓浓冷香”，与风月共赏，直到忧愁们终年相视而笑：

当岁之余，当日之余，当晴之余
便伴着一身轻，到山海经里
无弦琴边……和大化，或自己密谈去！
有时也向迟归的云问桃花源的消息
而昏鸦聒噪着，投入暝暝的深林里了……

点染一幅躬耕山林、俯仰自得的图画，俨然现代版《归园田居》。结尾二句，脱胎于“君问穷通理，渔歌入浦深”（王维《酬张少府》），正是“此中有真意，欲辩已忘言”之境。

《约会》时期发表的《七月四日》，则是一篇归隐“宣言”。从孤独国而小木屋而陶隐居眼底，二十世纪九十年代重回小木屋，好似根性的召唤，又如溯洄归返的旅程。小木屋是黄蜂、飞燕、白鸽、草叶等旧相识与我共同拥有，“我”每天自清凉的薄荷草香里醒来，以湖水以鱼肚白洗耳洗眼：

受惊若宠。至少有一次：
天开了！在某个琥珀色的傍晚
当我扶着锄头在豆畦间小憩——
一只紫燕和一只白鸽飞来
翩翩，分踞于我的双肩。

小木屋命名《七月四日》，当为《独立自由》国度之转喻。这里没有纠纷，充满着友爱与神遇，万物各得其所，物我亲密交融。周梦蝶静心心空，处处可归可隐，淡水风耳楼、新店浪漫贵族，都是他的“小木屋”（小木屋第三度出现在《仰望三十三行》），都可命名为《七月四日》。

以旷达心胸，欣然迎纳客观自然，则空中白云、林间飞鸟，春花秋月、劲竹淡菊，莫非有情之物，则“人我物在一体同仁的状态中徜徉自得”(朱光潜《诗论》)，周梦蝶与之相惜相守，因此，咏物写景诗成了大宗：观瀑、听泉，咏雀、赞蜗牛、颂飞鸟、惜落日、赋弦月，咏竹、咏早梅，写昙花、荆棘花、牵牛花、野姜花……莫不触目成趣。例如欣赏落日晚霞：“由柘红而樱红而枣红酱红铁红灰红，落日的背影向西，终于，销魂为一抹，九死其未悔的，胭脂……”惊艳于幻变色彩之余，且寄寓情思和理趣：“如是如是。曾经在这儿坐过的，这儿便成为永远——”(《淡水河侧的落日》)。《咏雀五帖》一如庄子与惠子濠上之辩，麻雀拥有《小自在的天下》，抱憾“唯美而诗意的最后一笔”，恐怕“那芳烈，那不足为外人道的彻骨”，只有麻雀本身最清楚。再者，诗人寂然凝虑，经常神游物外，联翩浮想。乍见白鹭鸶意态闲远，顾盼自若地伫立水牛背上，水牛浑若不知觉，默默吃草，遂痴想为文殊、普贤二大士游戏人间，现身说法（《四行》）。又如偶获一方竹枕，只因枕上有蝴蝶图案，制作者且巧与影歌双栖女星松田圣子同名，自此耳存目想，心生无限悦乐（《竹枕》）。

周梦蝶看似孤清冷寂的生命，实则无比热闹缤纷，不仅有生物的积极参与，即使是落叶冰雪、暖风寒月或流水硬石，也都有情有觉。所以，每日傍晚可以与永远“先我一步到达”的桥墩促膝密谈，总是从“泉从几时冷起，峰从何处飞来”聊起，直到“如篆的寒炊”袅袅生起。清音难得，彼此会心不远，竟而飙愿：“至少至少也要先他一步，到达，约会的地点”（《约会》），诚然痴愚可爱。再如访友途中彷徨歧路，却能不疑不慌，洒脱以待：“魂，断就断吧”（《断魂记》），竟而翻觉风雨多情，歧路的尽头或有旧相识、再来人，以至于苦难风雨反而是成全的恩泽，所有的失落与茫然，当下即予放下。

诗人怀抱萧条淡泊、闲和严静的心襟气象，才能臻于“事外远致”之境，此所以渊明“悠然见南山”，李白与敬亭山“相看两不厌”，辛弃疾坐对青山，妩媚凝视，而周梦蝶频频约会桥墩，和风雨彼此鉴赏，与麻雀印成知己。质言之，梦蝶深情观照人生，独特之解会汩汩泉涌，既是生活形态，也是一种艺术境界。

戏谑诙谐

新世纪以降，周梦蝶有如古刹老僧，云淡风清，唯独诗心不枯不竭，偶一出手，总是“风骚啊！一波比一波高”［《泼墨——步南斯拉夫女作者Simon Simonovic（西蒙•西蒙诺维奇）韵》］。《有一种鸟或人》多拟、仿、戏拟、试为之篇，也有《李白与狗》、《有一种鸟或人》、《沙发椅子——戏答拐仙高子飞兄问诸法皆空》之题，将“李白和狗”、“鸟和人”并置，绝妙的是以“沙发椅子”诠解“诸法皆空”。将“沙发”一词拆解，喻指“沙”是沙非沙，众缘聚散离合，一“发”而不可收拾，一切唯心造，一旦起心动念便千丝万缕。亚历山大武功彪炳，碧姬•芭铎以美取胜，穆罕默德德行智慧超然，三人或有高低浅深之别，终归于法、空和“沙发椅子”。妩媚不妩媚，英雄或凡夫，在“以无量恒河沙数恒沙之沙之名为名”的浩瀚宇宙之中，都只是“一个时空”的“一个名字”而已。似乎信手拈来、脱口而出，素心之语却直指佛法“真空妙有”之义谛。

《偶而》一诗，喃喃反复“生活中不能没有偶而”，唯种种“偶而”（可能的“意外”），或叫人喜出望外，或令人无福消受，正反辩证，趣味于焉产生。周梦蝶总认为自己是“愚人”、“罪人”、“无能的人”，常说自己毫不起眼如一只毛毛虫、一闪萤火，甚至为“人形之鸠”，占据鹊巢穷下蛋（《有一种鸟或人》）。当有人问起近况，他回答说：

甚矣甚矣吾衰矣吾衰矣。眼见得
字越写越小越草
诗越写越浅，信越写越短
酒虽饮而不知其味
无夕不梦。梦里不是雨便是风
却从不曾出现过蝴蝶

且喜四月已至。四月
孟夏的四月是我的季节
听！这笛箫。一号四号八号十三号
愚人节儿童节浴佛节泼水节。（《四月》）

鹤算龟龄的诗人尚且不减赤子童心，私订四月一日为“孤独国”开国纪念日，也是“重生”之日，幽默自嘲，自宽自足。周梦蝶率真性情还表现在“饮酒”一事，不但调笑陶公“有止酒诗，却不止酒”，高调附和诗仙李白“从来饮者与圣者与大道与青天，总一个鼻孔出气；而诗心与天地心之萌发，应自有酒之日算起……”更援引酒徒刘伶狂言，认为“酒有九十九失而无一好”乃“妇人之言如何信得”（《止酒二十行》），乐与古来饮者声气相通，心心相印，虽不似渊明纵酒，尚存李白“杯莫停”之豪情。

三、以诗说法：谛听那寂静

雪在高处亮着。孤独国座立负雪山中，还魂草深植孤峰顶上；“来自孤山之苍翠；仍将孤起为苍翠之明日”（《再来人》），诗是周梦蝶霜雪淬砺的生命实相。诗人以暖热襟怀包覆娑婆世界，千帆过尽，圆满欢喜，“有情有禅”构成诗的全部。周诗既赓续古典诗词悠闲情境，续写了中国文学新页，对于当代禅诗，兼具启示之功与廓清之效。叶嘉莹、余光中皆读出其中的凄哀、凄寒和寂寞，也都听见、看见幻景背后的咏叹与战栗；吾人读其诗，总有“一洗人间万事非”（苏轼《送春》）的舒适畅快感，被净化、澄明，还能扩大。

“诗以人见，人又以诗见”（叶燮《原诗》），周梦蝶人格风格高度统一。归纳整体诗风之发展与转折，《孤独国》蕴涵“宁静”之美；《还魂草》情苦、诗苦，透显“苦”之特征；《十三朵白菊花》散发幽静、闲旷乃至萧瑟之“清趣”；《约会》悠然洒脱，摇曳空灵清凉之“禅趣”；《有一种鸟或人》则繁复归于简约，诗心回归本然纯净，流露率真之“谐趣”。前两阶段以心力为诗，抒情凝重，刻意造境，呈现孤绝冷凝、思致清苦的风貌；后三阶段因对佛理渐有明晰之颖悟，对人生世相练达透彻，已然安时处顺、随缘放旷，故能执简驭繁，境随笔生。由清趣而禅趣而谐趣，创造了莹洁无瑕、淡雅真醇的风骚典律。

我知道他，爱上他，慕他，敬他，惜他，都是因为他的诗，那些在苦寒孤绝的尽头，用涔血的足尖印下的诗的莲花。而我其实，宁愿不知道他，不爱他，宁愿没有他的诗存在，宁愿他从未那样苦过，从未。

在本刊即将付印之际，惊闻作家周梦蝶2014年5月1日下午2点48分病逝于新店慈济医院，享年94岁。今后，他将在另一个岛屿写作。

——谈笑静

在小城市里做一个诗人

雷武铃的诗歌及谈话录

*Text*_雷武铃

雨

雨是悲欢离合

——海子

一

混沌初开，我像一只小野兔嗅到风云突变、山色
昏暗下来的惊慌。暴雨来临的气息压迫着我。
为什么，和谁去到水库下面的河谷？记忆湮没了。
只记得出了河谷的开阔斜坡，我低头狂跑。

模糊的快镜头从两边闪过：草茎，风声，稻田。
蜿蜒的路贴在土崖下时，碗口大的雨点砸到了石板。
瞬息，白茫茫的雨水浇透全身，迷住了我的眼睛。
我五岁的心灵只记着家在山的那一边，本能地狂跑。

跑过瓦窑，大柏树。放泥瓦的草亭里似乎有人躲雨
冲我叫喊。——我没停步，继续狂跑。
突然，左边晾窑柴的坂上，一个挑着桶的黑影斜飞而下
抱起我，冲进右边的草亭。——是爸爸。

他的头发和脸滴着水，湿淋淋的圆领衫贴在身上。
风吹在身上非常冷。草亭里找不到避风处，
我不明白，雨还没停，他抱着我又冲了出去，
剩下的我只记得雨点打在身上的冷，雨水顺着路面流淌。

好像妈妈说起过，我们一离开，草亭就倒了。

滚滚雷鸣，霹雳，哗哗如注的雨声，狂风掀翻草顶，
木头支架摇晃的可怕声响，我没一点印象。
爸爸怀中，周围的声音似乎已全部消逝。

三十年过去，那些无法确定的遥远之光
在头脑里散漫，恍如梦境。我还能异常清晰地看见
我幼小心智的惊讶：危难之际
雨幕中斜飞下来的影子——爸爸，仿佛从天而降。

二

阴沉的雨云从屋檐下飘过——狗
全被大队打死了，村子静得像空壳。
放学后，家里不见母亲，我在巷上喊
屋后菜园里堂婶说，母亲去后山了。

拿起斗笠，几步脚，我就高过了村子。
青子满枝的桃李绿荫浓暗，俯掩着
青瓦屋顶。我超升出泥土湿润的菜园
壮硕的绿色，爬上更高处昏暗的松林。

我听到斗笠，草，树叶，泥土，响起
亿万只蚕吃桑叶的声音——雨落起来了。
一些白色的雨雾凝滞在树间，岩石上。
粉红的杜鹃花湿润如火，幽静地漫过山坳。

后山的凹谷里，梯状耕地散落其间。
我感到山野的庞大——怎么找到母亲？
我大声喊妈妈。我听见自己的声音在雨中
升起，向山谷落下。我听见自己的心跳。

母亲的回答终于传来。——她娘家村子的
口音我记得那么清楚，想起来让我落泪。
我跑到很近才发现，在一块地边的石崖下
她抱着我家的大黄狗，缩成小小的一团。

狗趴在地上一动不动，头也安静地伏着
——它被打瞎的右眼珠爆裂出来。
母亲肩膀，后背湿透了，头发凝着雨珠，
雨水从她苍白的脸上流到狗的身上。

狗被打瘫在地的那天，母亲奋力阻拦。
打狗队一走，她就用棉被包着断了气的狗
抱到楼上——它竟慢慢地回过了气。
后来就藏在谷仓里，夜里才悄悄喂它。

今天早饭后，母亲说，干部在巷上逗狗。
——母亲夸它：“特别听话，就是不叫。”
但她感到村里的危险，便抱着狗躲到后山来。
她说，天黑后把它送到父亲教书的学校去。

母亲走了，我抱着狗蹲在地上。雨仍然
不紧不慢，我想着离去的母亲：从我记事
她就病了，苍白瘦长的脸，大眼睛，走路
腰板挺直。头发，衣服，鞋，总是整洁干净。

我感到这雨多么广阔呀，湿淋淋的，我看着
山下的河谷，河两边的水田，木桥
婉转远去的石板路，凉亭，对面山头的松树
油茶树，那后面雨雾迷蒙，横亘半空的天头岭。

三

强烈的睡意袭来，我一再坠入棉花堆满的山谷。
甜美的白云要运走我时，我又睁开眼睛。——岩洞里
回声嗡嗡，人影模糊，大哥和大人们仍在说笑。
如同被固定，雨线划过洞口，刚收割的稻田溅起水花。

我又摸到我沉甸甸的担忧。我的鸭子跑哪里去了？
在没收割的稻田里？在没脱粒的禾把中？
我在旁边，它们还不时犯禁，偷食
招来大人的呵斥，像突然炸响的雷声落在我头上。

我几乎坐不下去，但又屈从于困倦，无法起身。
大人们在聊天，似乎下雨可以忘掉一切，什么都不管。
对面山腰，湿漉漉的草闪着青翠的亮光。我感到
雨汽中体内的暖意，身体的松弛，我又要睡着了。

恐惧又让我醒来：我意识到我是在离家很远的峡谷
睡着了，我怎么回去？我想起回村的路：石板路向上
走出峡谷，稻田变成阴暗的树林，转弯，接上公路
又是幽深的山冲。雨雾中，家好远啊，像在天外。

要是雨一直不停怎么办？天就要黑了。天黑了怎么办？
我无法想象这个充满恐怖传说的峡谷，岩洞的黑夜。
大人们似乎一点也不担心，我知道大哥在他们中间。
我睡着了。——我仍然惊异：我怎么从那天到了现在。

四

轰响持续着，震晃雨水中的空气。我知道汽车启动了。
混杂的人声紧张起来，我知道送别的气氛到了最后高潮。
我站在教室窗前，粗绳般的檐雨咚咚地落进排水沟。
我看着下面积水的操场，桉树，操场尽头的红围墙。

粗闷的轰响一轻，像出气变得顺畅。我知道汽车开了。
我听着它转弯，爬坡。然后，我看见车顶冒出围墙
一排车窗在围墙上滑动，里面的人影模糊，几秒钟
楼就挡住了它。再一闪，我知道永远不会出现了。

隐隐的车声最后也消失了。我知道它还在向前——
那些雨水洗刷的山岭，那飘带一样的湿亮的路面。
我仍然站在原地，看着空落的世界：田野收割了
尽头的大山水雾蒙蒙。雨点打在屋顶，树叶，泥地上。

我记得那一秋的雨：夜里外面水沟的流水汩汩地响。
醒来，又听见雨声打在窗外的腊叶树、芭蕉树上。
站在门前，雨雾遮没的山上有时会露出一片森林。
我读着如期而至的信：我多想在送行的人中看到你。

2003 年 **7~8** 月

夏天

自狭长幽蓝的天空流出
寂静充满这片山谷，像海水充满大海。
和中午的太阳一起，我走在这明亮的海底。
它暴烈而温驯，闪光的脚
在灼热的沙土，岩石，草叶上耀眼。
一条小溪从视线受阻的拐弯处流出
细细的水流经过我们，流走了。
修路工人也走了。他们住过的土屋
在静静地长草。他们修的公路在半山腰
凸出来，凹进去，时隐时现。
电线杆把电线引上山坡，翻山走了。
山脊线凝固在蓝天上。我想那些锐利的山顶
肯定有风在吹拂它们。
在狭成深缝的转折处，我站住
一丝凉意从山体内部透出。
我不能去前面的转弯处了，我来此是为告别。
我再不会重来此地了。
沿沟而上的杨树因干旱树叶稀疏
我看着溪边手掌大的地块，花椒树葱郁
肥厚的绿叶下红色花椒
美丽，热烈，像山村少女无声的笑。
两年了，上午，读书时抬头看见窗外
夏日盛大的蓝天正从远处大步走来。
我突然感到记忆汹涌，不可遏止地又回到了
命运之下偶然到过的那片山谷。

2002 年 **6** 月

低语

有时候你是空气，有时候
是石头，在我心里。
有时候你是闪耀在初夏树叶上的阳光
摇晃我。

有时候你是成天昏沉的神思里
突然的唤醒，
是一股春天清新的风沁入身体
甜蜜的知觉和欲望绽放。

有时候你是一种边际，一种深渊
让我突破，沉陷。
有时候你是意识的缆锚，担保，
每天醒来时，让我搜索，然后抱住。

有时候你是奔驰的列车窗外
华北平原连绵的冬天。
纠结、裹挟着寒冷的雾气，又挺立着
落叶的树，在阳光照彻的坦荡土地。

有时候你是隐痛，是远离
是含在嘴里，却不能说出的名字。
有时候你是失去的家乡，永恒的参照点
测量我日益孤独的进程。

有时候你是热水淋浴而下时
突然的凝滞，是身体一直的震颤和欢愉
在原地伫立。
有时候你是火车经过窗外时大声的示爱。

有时候你是热闹的节日里私下的寂静
是伫望，出神，牵挂。
有时候你是大街上的堵车，窗口前的
排队，街树、行人、喧嚣尘埃之上的注目。

有时候你是错失，痛悔，
是校园树林里增多的月光让我抬头时
惊觉秋叶已稀疏。
有时候你是夜里突然醒来的恍惚，顿悟。

有时候你是一个墙体单薄的简陋房间里
纵情的欣喜，自发的歌声。
是沉湎寂静的圆满中，谛听世界
传来的声音：它们标出岁月静好的广阔度。

有时候你是时间结束后的惊讶，不理解。
有时候你是不忍睡去的深夜，
是欢会的高潮，是一朵轻盈、饱满的白云
不愿停下、不能停下、永远飘飞的渴望。

2011年**6**月**10**日

Mr. Lei

雷武铃老师个头儿不高，眼镜镜片很厚，说一口带有南方口音的普通话——奇特的是，他用“南方普通话”朗诵诗歌的时候会取得难以言表的动人效果。听他课的学生们，往往会迅速用口口相传的方式波及周围的朋友、同学，理由很多，集中起来概括为：思维开阔，与众不同。他的讲话方式有一种古希腊演讲式的雄辩感，逻辑性强，具体而有力量，像一道光。

他可以反复定期阅读钟爱的作品，而且每次的心得体会都会给学生带来别样的认知；他本科学习法律专业，硕士和博士学习的都是东方文学，系统地研究了印度文学和波斯文学，但有一次课上他却说非常希望有机会能做一名中学的数学老师；他过着一种几乎不被人注意的寂静生活，他的诗至今仍然只在很小的范围传播，但毫无疑问，他是当代最重要的诗人之一。

雷老师是河北大学一位非常奇特的老师。

与雷老师的对话

问题一 有人认为这是诗歌最好的年代，有人认为这是最差的年代，你的看法是什么，根据是什么？

❖ **雷武铃一** 这个问题我有点儿不太明白，这“诗歌最好的年代”之前没有限定。如单指中国新诗在这百年历史中，我可以给出明确的回答：我认为现在是中国百年新诗历史上最好的年代，是百年新诗历史上写作环境最好、成就最高的年代。我的理由：一、现在，诗人一方面可以过自己的生活，专注地写自己的诗，一方面可以感受社会巨变给诗歌写作带来的刺激，给寻求新的诗歌语言带来的压力与动力，大时代变动产生的大问题正是诗歌开拓所需的富矿。现在，挣得一份谋生工资后，一个诗人可以按自己的意愿学习、写诗，这点来得并不容易。我认为写诗没人管就最好，没人盯着你，不把你当回事，社会大众（忙着娱乐、挣钱和维权）也不搭理你，这最好了。当然，有人很失落。我觉得写诗出于自愿，没人管，没人搭理，才正常，才自由。二、我不相信生而知之，我认为写诗不单靠天才（我其实认为写诗不需要天才，因为我自己就没有），写诗更要学习。现在，诗人们可以尽自己的努力去学习。我认为 1999 年之后，出版才真正爆发，能全面读到此前只是一鳞半爪听闻到的世界文学著作，与世界文化的实际交往与接触也真正的广泛和深入。1999 年之后，网络带来的交流信息也极为便利，一个学习写诗的人，更容易找到与自己意气相投的朋友，这点对写诗也非常重要。而在二十世纪八九十年代，我们深深体会到找书的困难：没有。现在，亚马逊上几乎能买到所有世界重要诗人的英文诗集，并且直接寄到家。我这么说是深感当年学习无门之苦。我觉得现在很好，现在一个人想写诗的话，他尽可以有学习的途径。三、我认为现在中国有一批非常好的诗人，从 50 后到 80 后，都写出了非常好的诗。如果选 30 个最好的新诗诗人的话，我认为有 27 个正活在我们中间，仍在写作。

问题一 您的诗歌养分主要是从哪里来的，请讲一下比较关键的来源，以及您用了多少，用得怎样？

❖ **雷武铃一** 我想任何人的诗歌养分不外乎他的生活和阅读吧，我也不例外。二十岁之前我生活在湘粤交界的南岭北麓的群山中，求学工作到了北方，在北京读了十二年书，一直在保定的河北大学工作。从小在群山中生活，让我对自然有着特别的热爱，甚至是依赖。在北京的学习让我破除了对一切中心神话的迷信，在保定的生活让我时时意识到我正处在一个什么样的、真实的现实境况中。这些都进入了我的诗歌观念中，在我的诗中都有体现。

阅读方面，我属于兴趣比较宽广、好奇心特重的一类吧。除了大家熟悉的西方人文传统这些，我硕士和博士时期的研究方向有意选择了印度文学和波斯文学，博士后做了一个关于中国古代诗歌中的自然因素的课题。我曾犹豫很长时间是去读个神学还是去读个艺术史博士，这两者我都着迷过。有几年我完全沉浸在音乐中，什么也不做。有五六年，我完全放弃了写诗。但我始终在阅读，因为工作，也因为喜欢，也因为生活简单，有太多时间要打发。每年我上两门本科生课，三门研究生课。除一门本科的外国文学史之外，都是读作品的课。隔一两年，我就读一遍《荷马史诗》、《埃涅阿斯纪》、《神曲》、莎士比亚作品。这么多年我轮换着，在课堂上比较深入全面地读了大概50个诗人、小说家的作品。就是读，只读诗、小说本身，语言和细节，不涉及学术理论，是享受性的沉浸性的阅读。我最喜欢的小说家有福楼拜、契诃夫、卡夫卡、普鲁斯特、托尔斯泰、陀思妥耶夫斯基、乔伊斯、蒲宁、罗伯·格里耶。我对最喜欢的诗人陶渊明、谢灵运、王维、杜甫下过一些工夫。我认真研究过毕晓普、弗罗斯特、卡瓦菲斯、阿赫玛托娃、帕斯捷尔纳克、艾略特的诗。年轻时我深受存在主义影响，喜欢加缪。我喜欢维特根斯坦，他的语言和思考方式：从眼前的最普通的小事物开始，清晰地把思维直带到理性的尽头，那无限神秘之中。我喜欢印象派画家，最喜欢塞尚、怀斯、莫迪利阿尼、于特里约，喜欢马蒂斯、毕加索。中国画我更喜欢花鸟藤草，吴昌硕和齐白石，那种生机与生趣，真让人满心喜悦。除了董源之外的那些古代的山水画我都进入不了，直到近代之后的山水画我才都喜欢。我是历史迷，读了不少世界历史和中国历史，但读了就忘，读了又忘。喜欢读探险之作，是斯文·赫定迷。地理迷和树木迷，对观看的、客观真实的可见事物的描述，都感兴趣。不喜欢幻想的、表现主义的东西（卡夫卡例外）。消遣时间看围棋棋谱，看国政新闻。

总体评估一下，我觉得我的诗歌养分只利用了百分之五到百分之十。就是说，大量的我想写也觉得该写、可以写的东西，我都还没写出来。它们还在我心里，常常让我不得安宁。我总有一种自己才刚刚开始写诗的感觉，我希望今后能尽量多地把它们写出来。

问题 — 在您的心目中，诗歌的高境界是什么样的？您觉得自己什么时候能进入这种境界？如果您的诗能变成一种生物，它是什么样子？

❖ **雷武铃 —** 我觉得一首诗让人觉得神奇、神秘，有种出神的光彩，就达到了高境界。我自己偏爱朴素、亲切、就在身边，又高远神秘、难以企及的诗；造物一样浑然、拙朴、直接、具体，又优美、精妙、无限、玄远，不动声色又感人至深的诗。既朴素，又神奇。当然神奇是核心，朴素是我的偏爱。我觉得诗歌与散文的差别就在于诗歌要进入神奇之境。无论从多么低、多么朴素的地方起步，诗歌总要有一个起飞的动作，就像飞机，一定要进入神秘神奇的天空。散文则可以像汽车、马车，一直在地面开，可以奔驰，开不动了，停下就是了；散文写得有趣有意思有细节，给出信息就不错了。诗歌一定要起飞，融入神奇之境。

至于我自己，什么时候能写出这样的诗，我不知道，只能去努力吧。我是一个诗歌非天才主义者，但对能否把一首诗写到出神的境界，我觉得真要靠一点天助，或者偶然。同时，能写出一首这样的诗，并不意味着就进入了这境界，今后就能一直写出这样的诗了。当然，只要能写出一首这样的诗，就算是一个真正的诗人了吧。

就愿望来说，我想我的诗变成一头水牛。一头刚在水里浸泡干净的水牛，慢步走在水墨画般的中国南方隐约的山水间的田野中，温厚，从容，还实用，让人喜欢。但我觉得我现在的诗还变不了水牛，我现在的诗可能更像一只鸟或一棵树。我很多次写到的布谷、斑鸠、画眉、白鹭、麻雀、海鸥、喜鹊、乌鸦，我也写到了很多树（席亚兵嘲笑我是观树派）。我的诗要是真的会变，我想很可能变成布谷或斑鸠，叫声热烈、深情、高昂。或者变成银杏、青桙、洋槐或小叶楠木；秋天璀璨，或长得挺直。

问 题 — 您能想象跟您的诗风截然相反的一种诗吗？

❖ **雷武铃 —** 当然能。就诗歌朝向神奇之境起飞的方式来说，我觉得我属于那种老实笨拙的，就是我总是需要助跑，要在地上跑很远，带着很笨重的身体和各种牵挂，才能摇晃着脱离地面。与我相反，有些人直立就能起飞，非常轻逸，自由，神秘莫测。他们生就一副飞行的翅羽、语言的翅膀。而我总是需要很大的安全系数，反复计算才能写，像做一个数学模型（难道是我未曾实现的数学家理想在作祟）。我非常喜欢这些和我诗风相反——其实应该说诗风不同更准确，因为相反总是针对某一方面来说——的诗人的诗。我对语言有一种清教徒般严厉的态度，我非常敬佩他们诗歌的语言。读他们的诗，我能从另一面来审视我的诗，经受过这样相反态度的审视，我会更确信自己诗风的稳固。

问题 — 叶芝通过一层层“面具”的脱落达到“真理”的自我，佩索阿则是通过一些“异名”遮蔽了自我，您在诗里使用面具吗，您的诗里有

您的“身外化身”吗？

❖ **雷武铃一** 我不知道这个诗人的自我如何来界定，是一首诗中所透露的愿望、语气、态度，最后汇聚成的一个言说者（叙述者、创造者、作者）形象？而一个诗人的形象，不正是由他的所有的诗在我们心中确立起一个他的形象？比如杜甫的形象，正是由他的诗构成。如果是这样的话，那么我们的诗歌写作与我们的自我，就既无面具的脱落，也无遮蔽了，因为这面具本身也可被视为自我的一部分。那些躲藏，就是我们想躲藏的自我本身。

普鲁斯特认为有一个生活中的自我，有一个写作中的自我，但这种分离很容易被理解为一个自我的两个面貌。对我来说，写诗本身就是更深入地探索自我、辨识自我、确定自我的过程，是自我辨识，是自我和自我认识的形成过程。我认为写诗最迷人之处，就在于它是一个自我定义、自我命名的活动，或者说创造自我的过程，通常是写作从幽暗的深处把我并不完全确知的一个自我带到这个世界上来。在写诗之前，自我并不是预先就存在了的，它只是一些没有形态的模糊的冲动和愿望，每一次写作都是一个面向众多自我可能性的敞开的过程、寻求的过程。我不认为有一个预先的固定不变的自我，然后我在写诗的时候，想着怎么把它藏起来。如果真的有的话，每次的写作也都是为了突破这个固有的我，看看这个我的后面是不是还有别的我。

我说一下我的诗歌美学。对诗歌，我最关心的是真实。在一首诗中，真实会面对三个层面的审视，关于世界的、自我的（诗歌中声音、叙述者、态度）、语言的真实。一首诗中语言的真实，涉及到公共语言，公共的文学套语、手法、结构模式之下，世界的真实和个人自我的真实如何不被扭曲、不被完全遮蔽而显露出来。一首诗中世界的真实，涉及客观逻辑（观看的角度、方式），也涉及观看者感受者意识反应的方式和过程，在这点上我常使用现象还原的方法。而对自我真实的追问，深入下去时，便成了诚实、勇气、道德意志问题。在夹杂着伪装、自欺的众多自我中，是否能够辨识、选择最真实的自我，这是诚实问题，这诚实的核心又是勇气。当然这诚实不仅仅是一种品质、勇气，还是一种能力，是否做到诚实既是勇气又是能力问题。在众多真实的不同的自我中，你还需要做出选择，承认或拒绝不同自我的矛盾，接受时如何调和与强调。这是一种意愿，是道德选择，也与智慧相关。这种自我的反省随处都会遇到，比如道貌岸然是虚伪，满嘴脏话也是装酷，你如何选择？对语言的反省也是。我曾想到没有个人语言——个人不需要语言（言说），自言自语也是把自己分成两个人——所以没有专属个人的语言真实。只要写作、说话，就是对着读者、听者在写在说。语言本身就同时汇聚了嘴巴和耳朵，并且是无名的无数的，向所有人敞开。说到底，语言本身就是面具，而言说始终就是表演。自白派和装酷派，都是针对围观者的语言表演。诉苦派祥林嫂和谩骂派焦大，则是精神病妄想症病例。因此，语言中的真实，是由言说者与倾听者之间关系来决定的。言说者没法单独想当然地认定自己说的就是真的，他必定要受到听者的质疑，他必须证明自己。诗人的自我真实并不是自行授予的，语言真实的达成，是同时潜含在一行诗（一句话）里面的言说者和倾听者之间微妙的平衡，是在说出对外部的评判指涉时也同时包含向内的自我反省。总之，语言中（其实也就是现实），不能触及自己（不革自己命）的革命都是假革命，等等。这种对语言和自我真实的追问、怀疑和辨识在诗歌中是无限的，在一个诗人的写作中也是一直持续的。同时作为诗人，你需要在无限的怀疑和否定之中，在无限的后退中找到笛卡儿那个最后的支点，做出肯定性的或者说实际性的选择。你要做出选择，在你的诗中，为自己选择一个声音，自我的声音，自我。这种对自我真实的追问（当然总是与语言相伴），这种自觉的自省，类似儒家传统中人格的自我塑造，当然儒家对其理想人格有预先的共同的明确界定，在诗歌中这种理想人格需要诗人自己从头设定。我认同中国传统文艺美学观，视艺术作品（诗歌、书法、绘画）为艺术家人格的自然流露。我非常喜欢徐芜城的诗，就是为徐芜城诗歌中所流露出的人格深深打动。他诗歌的语言是一种含有自省的语言，在语言的使用上是节制、诚实、负责任的（有太多的诗人在使用语言时毫不负责）。他诗中这种非常温润的人格，让我感觉非常亲近。

问题 — 请您谈一下你所处的地理位置，在那里您比较关注的文化或亚文化形式是什么，它们对塑造您的诗歌个性起到了什么作用？

❖ **雷武铃 —** 我在河北保定，一座百年内中国失落指数最大的城市，一百年前它是直隶总督署所在地，政治和军事重镇。八国联军把出城投降的总督的头砍了——我带一位老美参观总督署时，给他详细地讲了这事，让他沉默了四五十分钟。现在，它是普通的三线城市，房价平均每平方米六千多。到二十一世纪初为止，它还有两边槐树交拱，路沿由条石砌成，晚上只有公交车开过的街道——对，还有无声的自行车暗影有时突然蹿过。从北京回来的人一下火车，就觉得迎面的空气安静了下来，时间也慢下来了。它曾有过旧城区悠长无人的小胡同，有过卖旧书和旧玩的古物市场，有过玩铁球、唱京剧、听相声、提着鸟笼的老人在护城河边的绿地慢慢走着。现在，树砍了，街宽了（堵着汽车长龙），旧城拆了，古物全是赝品，旧书成了盗版书，新修的广场上大妈在跳舞、唱歌，PM2.5 指数高居全国前三。

我试图在这里找过文化，我和一个同学骑着自行车绕来绕去，找到了一个挂着河北梆子剧团牌子的大门。门关着，院子里一条大狗冲我们凶狠地叫，一个老人从门房里出来。他隔着铁门，很疑惑地回答，剧团不演出，然后袖着手再不理我们。后来有人告诉我，河北梆子还是有演出的，就是每年赶庙会的时候。可以这么说，除了吃饭、穿衣、打麻将、赶庙会（就是集中买吃的、穿的）、养生这类文化，我没发现别的文化。

我的写作自然是对这环境做出的反应。因为处在没精神文化生活的地方，我不反文化，不反艺术，不反诗，只有生活在艺术过剩、文化过剩、诗歌过剩的环境中的人才会做出反的反应。越是没有的地方，越会激起人的向往。我本来喜爱山水，但这恰恰是一座平原上的没有任何可观之景的城市，我能看的就是几棵树。地上没什么可看的，我能看的只有天空，天空的云。在重庆、在广州、在长沙、在桂林、在上海，我在长江边、珠江边、湘江边、漓江边、黄浦江边，都坐过整个下午，看河水流逝，看船经过，看开阔的河面之上更广阔的天空里夕阳一点点消散，觉得太享受了！忍不住想，我要是住在这里，这河边，我会写什么样的诗呢？我会反复写这条河吧。还有，意识到生活在这样的地方，这样的生活，我有意识地尽力摆脱年轻时南方人身上那种唯美色彩，尽量把诗写得朴实，以符合树上的树叶都蒙着厚厚灰尘，几天不收拾，打开的书上也会蒙上一层灰尘的实际生活。

问题 — 您能否提出一个关于诗歌或当代诗的问题，可以自问自答。

❖ **雷武铃 —** 为什么当代诗人身上聚集了那么多的怨气，他抱怨很多，也被埋怨很多？其实诗歌作为一门语言艺术，一方面是一种游戏，快乐的语言游戏——语言自由生长、变幻出自身的轻逸、自由、偶然、惊奇的快乐，另一方面又承接诗人和世界转移过来的存在的重负与责任。诗人越能发掘出语言自身的快乐，语言惊人的喜悦，语言的随机与意外，就越有承担存在的痛苦与责任的能力。这是一种巧妙的构成，奇妙的综合，用本性轻逸快乐的游戏语言承担人的存在的沉重责任。不管怎么说，诗人自愿选择写诗，写诗的过程总有发现语言兴奋点之乐。因此，不要把写诗本身夸负得过于严肃崇高，不必把诗人置于道德优越高点。因为我们写诗的过程中，已经得到足够的快乐，由语言出人意料的发明而来的快乐。语言以快乐回报了诗人，因此世界不欠诗人，同时诗人也不接受世界以道德名义发出的指责。

素直衣気

*Text*_ 周晓华

素直简·爱

杂志社办公室的墙上，有一幅袁泉的海报，是她演的话剧《简·爱》。

很大很大的海报，盖了半面墙，简·爱侧身仰头站着，目光平静望着远方，不忧无惧。背后很远的地方，桑菲尔德庄园在冷月下矗立……

我想，她在那里的日子比我来杂志社的日子长，我去的时候，日晒已经给海报做了旧，海报中的她就更像简·爱了，似乎她生下来就该那个样子站在几百年前的英国。

然而实际上，那个时候她在家，女儿夏哈哈出生后，她放弃工作，专心照顾孩子。

“我希望每天能陪着孩子，看着她一天天长大，这对当妈妈来说是很重要的。”看见她在某个访谈里说。

她笑着讲孩子琐琐碎碎的成长，唯一的话题，好像之前的她从没有在公众面前闪光，只是个普通的女子，过着油盐酱醋平凡而温馨的生活。

“我想写写袁泉。”一次选题会上，我说。

“2009年，《简·爱》在国家大剧院首演的时候，我们用大篇幅就做过袁泉的人物采访。”选题被头儿否了。

翻出那期杂志，我找到那篇报道，里面写她的成长简历，她在舞台上塑造的形象，她怎么塑造那些人，看不见她本人。

2011年，袁泉复出，第一份工作是再次回到舞台，继续她在生子前就一直演出的话剧《简·爱》。

在舞台下看她，只看见简·爱。

回家了，萦绕不去的形象，让我把《简·爱》的原著找出来又看一遍，她像简·爱吗？从网上搜到很多关于她的文章，想知道是什么让她有那样不忧无惧的状态。她的眼神，那种因有爱而有的坚定，像我喜欢的宫崎骏动画《千与千寻》中的小千，无论面对诱惑还是危险，甚至死亡。

“我想写写袁泉。”又一次选题会上，我说。

“你想写她什么呢？有什么新闻点？简·爱吗？都演第四五轮了。舞台之外的事？那不是咱们该关注的呀！”选题又被否了。

再一年，袁泉因为《简·爱》获得了梅花奖，我又报选题，终于通过。

头儿却有点担心：“袁泉挺难接近的，你又不太能说。”

我不担心，媒体说她冷、个性、文艺、低调，潜台词大约是说她不算配合、顺从媒体的宣传报道。也见过很配合的，配合到你问什么、怎么问或者不问什么，她都职业地给予回答，有点有面的，很新闻通稿。但对于写人物，不配合也好呀，她总不能一句话不说吧，就算她不说话，总也能观察她吧，看了那么多报道，见到她去印证呀！

于是开始找她。

“很感谢，你把采访提纲发给我们，我们会给你书面答复的。”电话里，她公司的宣传人员在我说明了采访意图后，礼貌而职业地说。

“我们做人物稿件，我想最好能面访，袁泉在国外吗？”我问。

“她不在国外，但没必要面访吧，书面是一

样的。”她冷冷拒绝我的要求。

放下电话看着她的海报发愣，怎么会一样，书面采访的结果应该和那个小姐的答复一样——正确而空洞，这不是我要的。

绕开她的公司，直接找她，短信发出很久，她客气周全地回复：“不好意思，最近家里的事实在太多，不知可否你发提纲给我，我书面回答后发给你？谢谢！”

看着短信发呆，又是“书面”。

原来对于不愿接受的采访，除了坚持拒绝还可以书面，问题问得大众而规矩可以直接交给宣传助理，抄抄通稿；问题无理而刁钻可以置之不理，假装看不见；而偶尔有问题问得深度又触动心怀，那可以慢慢梳理一下往事，找个出口从容表达心迹……

但，我直觉邮件会直达宣传助理手中，不论你问什么问题。

“那等您来剧院演出时找机会聊？对于写人物，‘看见’也许比‘书面’来得亲切真切。”我书面坚持着。

过了许久，她书面答应了，“好的，如果能等到那个时候聊就太好了！到时联系，谢谢你！”

过了很多天，话剧《简·爱》的第九轮巡演开始了。

按照约定的时间，我去剧院后台找她。

看见一个安静瘦小的女人：蓝色的旧球鞋、白袜、黑色连衣短裙、灰蓝的牛仔外套。还是一副校园女学生的装扮，像十年前，甚至二十年前一样。比起来，她身边衣架上，简·爱在剧中穿的那件带着哑光的灰色长裙反倒显得有些奢华。一张毫无修饰的脸，齐肩的头发用橡皮筋随意地在脑后绑了个马尾，没被绑住的碎发到处散落。那张在许多观众记忆里清纯的脸上有了岁月，因为没有化妆，也因为瘦，她额上青色的血管清晰可见。只是眼睛依然明亮清澈，说话时笑出来，露出齐整洁白的牙齿，一派未经世事的干净。

我语无伦次地开始了我辛苦努力促成的面对面采访，这种语无伦次在我回听录音时，尴尬得背上出汗。我急促地使用着大量的书面语言，努力想填补两个陌生人之间的冷场，几乎忘记了自己想在她这里印证什么，这并不是我擅长的。

“有的时候采访会变成负担，尤其说到《简·爱》。这个戏演了很多年，去过很多城市，但我对简·爱的感觉从来都没有变过。虽然我因《简·爱》得了梅花奖，但我没有什么新的东西可以让新的记者发生兴趣，我说的话和四年前说的话应该不会有什么不同，如果重复来重复去的，你会觉得我花这个时间是在干什么？所以大部分的（媒体）采访如果问得差不多，就选择用书面采访的形式，用文字回答，可能更准确。”她解释为什么有的时候会希望用书面采访的形式来面对媒体，“一个演员应该拿你的角色去和公众对话，要有作品你才有借由角色说的话。如果很长时间你没有有分量的角色，那会不那么愿意说话。”

而此刻，我正不知道什么问题可以占用她的时间，又让她不重复讲述。

她使我意识到自己在所谓记者这个职业上其实真的更擅长书面的交流：可以慢慢地从容地写、可以删改，可以完全地保持话语的流畅感准确性甚至氛围。

她还让我慌张，她轻缓的声音，她语句和语句之间过长的节奏让我觉得她随时会停下而出现沉默的局面，何况我已经感觉到她的负累，她交叠内收的双腿、她单薄挺直的脊背都写着拒绝。

但好在这时后台来了一个我和她都认识的人，这个袁泉称是见证了自己青春的朋友让我很快从采访者变成了旁观者。

面对老朋友，她轻缓的语气没有改变，话不多，但笑多了。

夏雨、孩子、生活、工作、以往的回忆……话题广泛而琐碎。

这位朋友说她之所以成长得慢，不能大红大紫是因为不大通演艺圈的人情世故：她没有欲望去饰演她不认同的角色，她拒绝尝试她不认同的新事物，她屏蔽和她标准不相符的人和事，还有她不喜欢社交，这对于一个演员来说几乎就等于在拒绝和抵触随时可能降临的机遇。

听到朋友这样评述，她笑着，大声地表态："就是因为这样，才会有现在的我呀！"

2013年的她，时间是这样安排的：话剧《青蛇》排练，话剧《青蛇》巡演；话剧《简•爱》排练，话剧《简•爱》巡演；话剧《活着》排练，话剧《活着》巡演。而对于那些受众更广泛的电影电视剧，她只在电影《扫毒》中接下一个戏份极少、自己说是打酱油的角色。

“时间只有这么多，当然要选择自己最想做的事情。其实能很安静地做一件事在现在看来也挺不容易的，话剧能给我这样的机会，每个人的生活状态不同，怎么生活得更从容和舒适，每个人的标准也不同。对于话剧，我喜欢排练场那种重复地、不断地精雕细琢的过程。我是个很慢的人，我不喜欢被催促。而我在演这些戏时，重复着重复着，也能从戏里获得能量。”

在他们亲切的叙旧中，走台的时间到了，我的采访也自然地结束了。我糟糕的开场白太长了，以至于我一二三四五的问题都没有来得及印证。

我还有规定时间的规定版面要完成，而对于袁泉，我不希望稿件是复制粘贴别人看见写出来的。

我硬着头皮再约她，希望能够继续那天如救场般中断的采访，她客气地拒绝了。虽然对于《简·爱》，那么多场的演出后，那些所谓的台词早已成为她的一部分，不可能也不会遗忘，但新一轮演出的开始，她不希望被任何非演出的东西干扰。

我就又去舞台下看她，仍只看见简·爱，但比起上次，这个简·爱更饱满，或者说生命力更饱满。

“你以为我穷，不漂亮，就没有感情吗？如果上帝赐给我美貌和财富，我也会让你难于离开我的！就像我现在难于离开你一样。可是上帝没有这样做。可是我们的精神是平等的，就像我们都将有一天经过坟墓，平等地站在上帝面前一样……”心里跟着她念这段台词，她忍住的泪，我流出来。

忽然梳理清楚了自己的采访思路，我是想知道是什么超越时间、经历、文本、地域使她和简·爱相通相似。

我用手机短信写了很长段落给她，虽然没有得到答复，我依然早早去了后台，在她化妆间门口等她。我等来了她的造型师，就和造型师聊她；又等来了她的助理，就和她的助理聊。

问她的宣传：“你说的书面采访，通常是由她亲自答复的吗？”

“是呀，她会在纸上写，我们帮她整理出来。”

在纸上写，二十世纪八十年代的风范，听起来是她的个性。

她来了，做好了发型，随意的棉布长裙，欧式的脸都和简·爱毫无违和感。

我吸取教训，照着我写好的提纲一条条念，这样克服自己的紧张也更效率。

然后我整理了我们的对话，如下：

□我：如果不去设什么条件，以你的性格，你还会选择现在的圈子吗？

●袁泉：其实我觉得任何性格可以适应任何圈子里的生活。这个演艺圈，实际上（比起其他圈子）

好和坏都更多地暴露在外面而已。对于我来说，可能从我十一岁去学了京剧，就确定了这条路，我完全没有考虑过其他的选择。而且我确实非常热爱话剧舞台，我成长的这些年，我的工作、我的生活和舞台不太可能分割了。我觉得作为演员是件特别幸福的事，你可以在短暂的人生中去体验不同的生活、不同的生命状态，让你体会到人生更多的层面，也可以让你从多个角度去看待人生，所以这个职业对你是有帮助的。

□ 我：喜欢看宫崎骏的《千与千寻》吗？有个片段，小千坐上只去不返的电车去救小白时，前路茫茫，可能有危险，可能失去生命，可她很平静，她的脸倒映在车窗上，不忧虑不惧怕。我们的办公室里贴了一张话剧《简•爱》的海报，海报中你的脸上也是这样的表情，不忧无惧——不论未来是怎么的，我接受并用自己的一颗心去面对。这是角色的状态，还是你在生活中会有的状态？

●袁泉：这就是我觉得演简•爱这个角色幸福的地方，至少让我在排练走台然后进入剧场面对观众时，有机会借助角色的力量达到你说的那种状态，特别地从容平和。但生活是特别复杂的，它不会像人物的脉络那么清晰确定，你得不断地面对各种状况。所以你是可以从简•爱身上得到某种力量的，比如排练、比如在台上的两个半小时，当你成为她时，你实际上是补充能量，非常充实。

□ 我：简•爱在罗沃德学校的孤独中，有时也能看见温暖的亮色，来自她的朋友海伦和老师谭波儿小姐，你身边有这样的朋友吗？有他们在你身边你会安静而快乐。

●袁泉：没有那么具体对得上号的，但是会有两三个知己，是从小时候到现在吧。我其实并不是特别渴望总是和大家交流，现在的社会，人和人的交流越来越困难，信息太多太杂，又随时都在变化。有时候朋友的感觉也许是书带给你的、角色带给你的、电影某个片段带给你的，那样的时刻会很满足。

□ 我：《简•爱》里有一段说简：“尽管你很渴望，你却既不会主动去召唤它靠近你，也不会跨出一步，上它等候你的地方去迎接它”，你是这样吗？当然书里指的是情感，我是宽泛地说。

●袁泉：会吧，比如说我心里想上什么样的戏，想要什么样的角色，我会去等，如果这个时候没有这样的戏这样的角色，那我是不是去做一点别的尝试？我不，我会等，干等。以前会像书里说的那样，现在比原来要主动一点点，会发个信息什么的表示一下。但我心里会觉得，是我的就是我的，它跑不了，如果不是我的，那其实可以让它过去。

□ 我：“人家问你一个问题，你会冒出一句直白的回答，即使不生硬也会很唐突。”这是也是罗切斯特说简•爱的。你会吗？对于你不赞同的，你会很直率地告诉对方吗？

●袁泉：分人。如果是亲近的朋友，会直言不讳，嗯，经常会被人说不会聊天；如果不熟悉的，我会沉默。对于我很不喜欢的人，脸上一定能看出来。

□我：很多女性读者觉得简•爱这个人物会给她们带来力量，而一些男性读者却会觉得简•爱这人有些矫情，你怎么看？

●袁泉：她是太有自尊的一个人。我觉得也是那个时代英国女性表达的一种方式，很含蓄很内敛，她不会很直白地说什么是什么，话语总是在事情本身和心的边缘游走。作为简•爱来说她注定不是一个表面化的人，在她身上有种无欲则刚的意思。

□我：她对物质要求得很少，对精神又要得很多。

●袁泉：是，对于物质、对于未来的生活她并没有太多奢望，而对精神上的东西却会有很高的要求，所以她和人交流的时候不会去迎合。他们（男人）可能会觉得（这样）比较累，这样的女人不好哄。（笑）

在他们决定结婚，等待婚礼的那一个月当中，（罗切斯特）先生想给予简•爱的和他想迅速从她那里得到回馈的东西，简•爱都一直在小心翼翼地保持距离。好像她特别明白，激情这种东西稍纵即逝。其实双方都需要认清对方的本质，未来的生活是不能够以两个人当初在一起时的美妙激情来支撑的。她是在那个月里把自己的本性和脾气很有原则地暴露在先生面前，并不掩藏，也并不是知道要成为他太太后，就不顾一切地投入到这种爱的拥抱中。她知道，有些东西预支得越早，消耗得越快。

□我：是不是说幸福来得太快太满，对于像简•爱这样的人，她会有种不安全感？

●袁泉：会。所以她会一而再再而三地确认，也会给先生机会，在这个等待的时段，一切都来得及，如果你不接受，实际上还有退的可能。她并没有给自己编织一个灰姑娘终于要得到王子爱的圆满童话，虽然她爱得非常纯粹。但我又觉得简•爱心里是充满自信的，她可以很好地去经营她的婚姻。

□我：你怎么看待人生的“有常”？我是说规律性的，比如四季总会有冬天，而人是会老的。

●袁泉：我会慢慢去接受，并，享受！享受不同年龄段的生活，享受活在当下的精彩。而且对于一个演员来说，如果真的能活到老演到老，那是非常幸福的事。有一天我老了，不能再去演简•爱，我愿意去演菲尔费克斯太太。（笑）

如果大自然的四季是春夏秋冬，我觉得可以换一个心态，我人生的四季可以调换一下顺序，我会把冬天放在前面过，然后是春夏秋。我可能没那么悲观，晚年没有那么严酷，不像冬天那么冷，应该是个收获的季节。

□ 我：那你怎么看待人生的无常？

●袁泉：我也时常会觉得很无奈。

□ 我：怎么看媒体写你的报道？

●袁泉：别人眼中的你和别人笔下的你，未必是真正的你。我不奢望也不需要别人写出和想象中吻合的我。

我并没有念完我所有问题，因为随着演出时间慢慢临近，她的回答渐渐变得支离破碎：是一些放在一起却不能听出具体意思的词语，是一些上下无法关联的单句。终于，她开始用《简·爱》中不大相干的台词来回答提问，对着镜子做出简·爱看见罗切斯特时才有的微笑神情，我想她已近乎屏蔽了采访这件事。这时，与其说她在渐渐进入角色，不如说简·爱已经慢慢住进了她的身体。

我告辞离开，盘算着第二天继续问。我知道以她的性格，她不会当面拒绝。但糟糕的是持续一周的感冒使我第二天完全失声，只有打消烦扰她的念头。

我完成了我的稿件，流于表面的文字让自己很失望。我想，我的作业无法得分。但当我坐在观众席里，在黑暗中看她，我知道，我独自拥有一个简·爱。

Text_ 小庄

但求装得其所

——装逼的心理学及社会学分析

“从1974年初到1976年中，谁在群落内处于等级秩序的顶端，这一点是很清楚的。初看起来，耶罗恩至高无上的地位似乎是奠基在它那没有其他猿能比的体力之上的。耶罗恩的庞大身躯和它充满自信的行为方式，会使人产生一种天真的设想，即黑猩猩们的社会是由最强者为王的法则所支配的。它看上去要比群落内第二大成年雄黑猩猩——鲁伊特强壮得多。但实际上，这是一个假象，造成这个假象的原因则是，在耶罗恩占据最高统治地位期间，它的毛发总是略微地竖立着的，即使在它不卖力进行那些威胁性武力炫示的时候也是如此，而它走路的时候总是迈着一种缓慢而稳重的夸张的步伐。这种具有欺骗性的习惯性做法——让躯体看起来显得大而沉重——是黑猩猩中的雄1号普遍具有的一个特征，正像我们在后面将再三看到的那样，每当有其他个体将先前占据这一位置的个体取而代之时，它们都会这么干。处在拥有权力的位置上这一事实会使一只雄性在身躯上也给人以深刻印象，这就是前面所说的那个设想——作为阿尔法[1]雄性的它占据了一个与其外貌相称的地位——得以产生的原因。”

在荷兰动物学家弗朗西斯·德·瓦尔的名著《黑猩猩的政治》一书里面，出现于第四章“二次权力更迭”开篇的这段话让我印象十分深刻，而在接下来的数个小节，德·瓦尔绘声绘色地描写了鲁伊特向耶罗恩发动权力进攻并一度成功罢黜了这只阿尔法雄性的过程，包括双方如何对黑猩猩群中的雌性进行争夺，以及对其他雄性进行笼络，一波三折的，看起来十分有趣。但，事情还没有完，这故事有一个悲伤的结局，第一次看书时让我几欲落泪——失去地位以后，老奸巨猾的耶罗恩忍气吞声了一段时间，但暗中酝酿反扑，终于有一次趁鲁伊特睡觉，和其他雄性一起把它打成重伤，并阉割了它，后者最后悲惨地死去。

[1] 阿尔法（α）是希腊文的开首字母，在动物行为学里，阿尔法雄性指的是社会性动物中占据最高地位的领头雄性，延用至人类社会则指那些具有领袖气质、易成为某些领域和场合主导的男性。

1989年出版的《黑猩猩的政治》曾在2007年与《沉思录》、《物种起源》、《君主论》一同入选百位哈佛大学教授推荐的人类历史上最具影响力的经典图书，它不仅是作为一本引人入胜、有很多故事的动物书，更多是作为一本帮助我们了解灵长类的行为与需求的普及型读物，受到了政治家、管理者和社会学者的广泛关注。关于这本书的赞美我不再多说，只想指出的一点是，德·瓦尔的这段描述之所以数年之后还在我脑中呼之欲出随手拈来，乃因为它深刻地指出了一只黑猩猩（或一个人）如果想要在他所属的群体中处于（或维持）优势地位，则必须做的一件事就是适当地“装”。耶罗恩成功地通过把毛都耸立着这种方式，装成了比其他个体都体格硕大，从而引起它们的敬畏。事实上，这家伙后来被打败了，毛就耷拉了下来，德·瓦尔的团队观察到它其实一点儿也不比别的雄黑猩猩高大。非常有趣的事实。

无独有偶，哈佛商学院的美女副教授艾米•库迪（Amy Cuddy）在她的一系列研究中，探讨人所采取的身体姿势会如何影响其行为方式乃至行事效果，就发现了另外一些很接近的事实。她把结果发表在一篇名为《在高风险的社会评估之前采取强有力姿态的利益》（*The Benefit of Power Posing Before a High-Stakes Social Evaluation*）的论文中，并且在2012年出席TED大会时，做了一次极其生动的演讲——《用肢体语言重塑自己》。艾米提到，她一直以来很想知道，如果人外表上伪装成比较强大的模样，是不是就会真的在心理乃至生理层面产生效应，所以她和同事们招募了一批志愿者来做实验。这些被试者在一开始会被要求做出一些开放型或收缩型的动作：前一类如坐在椅子上把腿跷到办公桌上去，双臂打开，叉腰耸肩，这样显得强有力；后一类如双手夹在膝盖间坐着，屈身低头，手摸着缩起来的脖子，这样显得羸弱无力。让他们保持这个姿势数分钟后，再往下做一些任务测试以及身体激素水平测试。

结果发现：强有力姿势的被试者中86%愿意参加一项赌博游戏，而无力姿势的被试者中只有60%愿意；强有力姿势的被试者睾酮水平上升了20%，无力姿势的被试者则下降了25%；强有力姿势的被试者可的松水平下降10%，无力姿势的被试者则上升了15%。这里需要解释一下，睾酮是一种和力量、支配力相关的雄性激素（不过在男女两性身上都存在），一般来说，社会性动物中地位越高者身上的这种激素水平就会越高；而可的松是一种压力激素，社会性动物中地位越高者身上的这种激素水平就会越低。所以艾米的结论之一是，如果你从外表上做出姿态上的改变，将很大程度上可以改变你的内心状态乃至身体能力。

好，所以，回到我其实真正想探讨的“人为什么装逼”或“人为什么端着”主题上来，我确信科学家们的研究的确证实了，“装”和“端”有其不可忽视的作用，是能够帮助主体建立一种相对来说比较高的群体地位的，前提是，在运用得当的情况下。

我们也可以来看看另外一些场景下，人会采取的其他“装”的方式。和金钱有关的各种消费行为是很值得一看的样板。2010年伦敦商学院行为管理学教授尼诺·希瓦纳森（Niro Sivanathan）在《通过消费象征地位的商品来保护自己》（*Protecting the Self Through Consumption Status Goods as Afirmational Commodities*）这篇论文中指出，那些自我评估低落的人会想通过消费象征地位的商品（名车、名表、名包等奢侈品）来治疗自我危机。在实验室中，他召集了150个实验对象，让这些人做了一个测验，然后告诉说他们的得分是在倒数10%的低分里头，于是这部分人感到极其受挫，自我价值受到了威胁。接下去研究人员又告诉他们会做另一个无关调查，去回答愿不愿意买某些东西之类的问题，于是这部分自我价值处于危机之中的人就比未处于危机之中的人表现出了更大的倾向去消费奢侈品，而面对普通物品时并未受影响。研究者解释说，这是因为他们想要用这种方法挽救自我危机。另一个研究中，希瓦纳森让被试对象看一辆奢侈品车的价格，按照常理，那些低收入的人可能会更加回避这样的商品，然而结果是相反的，他们不但表示想买的意愿，而且愿意花更多钱来买这辆车。希瓦纳森认为这是因为那些社会经济地位更低的人本能地体会到更多危机感，于是会采取超过自己能力的方式去消费昂贵的、炫耀性的商品，以此来寻找心理平衡。

正如《黑猩猩的政治》开头，作者引了17世纪英国政治经济学家托马斯·霍布斯（Thomas Hobbes）的一句话所揭示的那样——我认为：所有的人类都具有一种普遍倾向，一种持续不断、永不停息、前仆后继、至死方休的权力欲望——在zhuangbility（装逼）这件事情上，人类之所以如此前仆后继乐此不疲，就因为它能够产生一种权力的幻觉，从而让身处充满竞争压力的社群中的个体，特别是那些经济政治地位较低的个体，感觉更好一些，觉得自己也不是那种出门被随便踩的小虫子。

此外还有一个很重要的目的就是，赢取交配优势。呃，也许这个词实在是太赤裸裸，那么我们换一个说法好了，在择偶中占据优势。

美国经济学家托斯丹·凡勃伦（Thorstein Veblen）在1899年《有闲阶级论》中提出凡勃伦效应：商品价格定得越高越能畅销。对于这句话，不用我费口舌解释，想必你也频频点头了吧，我们的生活里就充满着这种效应，比比皆是。也不说华伦天奴什么的了，像是前段时间情感营销做到极致的褚橙，又像是怎么看怎么不值的无印良品，就生动地展示了这一点。而在2011年，来自得克萨斯州圣安东尼奥大学等五所大学的六名研究者共同完成名为《公孔雀、保时捷和托斯丹·凡勃伦：炫耀性消费作为一种性信号系统》（*Peacocks, Porsches, and Thorstein Veblen: Conspicuous Consumption as a Sexual Signaling System*）的论文，主要探讨以名车消费为代表的炫耀性消费到底在两性博弈中起到了什么样的作用。他们给出的结论是：部分男人们就是在把买名车这种炫耀性消费当作一种性炫耀来展示，就像那些公孔雀需要一副华而不实的羽毛一样，这是性选择规律对他们的做人要求。

当然，不要急着讽刺男人们，在女性身上，科学家观察到了另一个有趣现象：经济不景气时期，女性会通过多购买口红之类消费品来提升自己的外貌，以求得更有钱的伴侣的青睐。这现象名曰“口红效应”，是来自得克萨斯基督教大学的莎拉·希尔（Sarah Hill）和克里斯托弗·罗德荷弗（Christopher Rodeheffer）等人2012年在《经济衰退中的美貌激励：择偶、花销与口红效应》（*Boosting Beauty in an Economic Decline: Mating, Spending, and the Lipstick Effect*）中所揭示的，该效应似乎能用来解释那些明明出身贫寒的女人愿意把大把钱花在化妆品上用来提高自己在婚姻市场的竞争力这一不争事实。

正所谓，有钱装，没钱更要装。

甚至一些不好用金钱直接衡量的事物也可以成为“装”的载体，比如说，爱心。

2010年康奈尔大学的帕特·巴克利（Pat Barclay）就发表过标题为《利他作为一种求偶展示》（*Altruism as a Courtship Display*）的论文，其中指出不论男人或者女人，都更愿意和具有利他特质的人约会、交往、发展长期伴侣关系。所以，当你看到微博上某些人在公益事业上热血满满整天呼吁的时候，还是尽量保持冷静的头脑观察着吧，指不定哪天他会以呛死你的头条新闻主角这种方式出现，让你觉得恍惚至极，当日的慷慨啦、正义啦、公德啦什么的仿佛是一场表演罢了。

最后我们可以来探讨一下当前中国社会最为突出的一种装，那就是装文艺。从多年前的西祠、北大新青年到如今的豆瓣，文艺青年们势不可当的力量已然成为了2000年之后中国青年人群的重要特征之一，及至近年来更是愈演愈烈。好像不知道《爱在午夜降临前》的人都不好意思出去社交的样子，然后是个写两行酸句子的人就要声称自己为诗人，能搞点儿绘画摄影之类动静的就铆着劲儿去步入艺术家行列……这些现象，让人忍不住想大喊一声，呔！你这么文艺你爹妈知道吗？

但问题的关键在于，为啥不管是不是真文艺，都要装一场，这么装有啥好处呢？

英国北安普顿大学的海伦·克莱格（Helen Clegg）、纽卡斯尔大学的丹尼尔·奈特尔（Daniel Nettle）和爱丁堡大学的桃乐丝·米尔（Dorothy Miell）三人合著的论文《视觉艺术家的身份地位和择偶成功》（*Status and Mating Success Amongst Visual Artists*）或许可以解答这个问题，他们通过对236个视觉艺术家的调查得出，成就更高的男艺术家情场上会更得意，而且更有可能采取短期的约会策略，呃，因为他们身边围绕着的女子实在是太多了。回想一下The Beatles（披头士乐队）和Rolling Stones（滚石乐队）成员睡过的groupie（追星族）们，这个结论可谓毫无违和感。

早在2001年，新墨西哥大学的演化心理学家杰弗里·米勒（Geoffrey Miller）在其所著的《求偶心理：性选择对人性进化的影响》（*The Mating Mind: How Sexual Choice Shaped the Evolution of Human Nature*）中就曾提出，艺术创造力最初是用来吸引异性而演化出来的，这一观点在2004年海伦·费舍尔（Helen Fisher）的《情种起源》（*Why We Love*）中也再一次被提及。

而丹尼尔·奈特尔此前还有个蛮有影响的研究，我觉得一定得在最后提一下，它会成为本文最意味深长的注脚。这位老兄其实是个研究精神病的专家，他于2005年在与人合著的《人类的精神分裂、创造力和择偶成功》（*Schizotypy, Creativity and Mating Success in Humans*）中提出一种观点，认为精神分裂患者不少都具有相当惊人的创造力，其中很大一部分会成为艺术家或音乐家什么的，如此保证了他们能够择偶成功，这也是这些人的基因之所以没有被人类淘汰掉的最大原因所在。

所以说，既然有这样的好处，你怎能怪小青年们不得不一个个装疯卖傻把自己搞得很文艺以求得更多异性关注呢?!

J A P A N

B h u t a n

G e r m a n y

异国之素

量子物理学彻底颠覆了我们对这个世界的认知，它告诉我们：观察者对这个世界的作用不能被忽略，观察对象必定影响对象；主体和客体间的关系紧密不可分割，在观察的过程中，观察者的意识塑造着现实。所以当我们邀请三位分别在日本、不丹、德国生活过的中国姑娘，来写一下异国的“素直现象”，其实也是希望从中发现，中国人的“素直之眼”。

*Text*_李雯文
*Photography*_shanshan

双面日本

JAPAN

在科技日新月异的今天，世界变得越来越小。最近一年我迷上了微信，惊叹于网络工具竟然能够把我和在中国的朋友之间的距离拉得那么近。回想起十几年前，刚独自到日本留学时，没有 E-mail，更没有微博、微信，有感而发时只能奋笔疾书，等到信寄到朋友手里或收到回信时，写信时的激动或感动都已成了过去时。即使之后很快有了 E-mail，也不能像微信那样可以分享点点滴滴的喜怒哀乐。也就是说，在过去的十几年当中，由于通讯不便的原因，我和中国的朋友们的联系少得可怜，随之而来的是对中国的了解也越来越少。而最近的这一年，通过微信，和儿时一起长大的朋友们重新又有了联系，我这才惊喜地发现，原来当我在国外，在与人和书本的邂逅中一边思考一边成长的过程中，我的朋友们也在成长，而结果却是殊途同归的。

今天的世界，人、物质、信息都以若干年前还无法想象的速度和范围越过国境和文化的界限大量地移动，从来没有一个时代像今天那样让我们的日常生活充满了“异文化”。世界在不断地标准化和均一化的同时，“他人”和“异质的东西”也越来越多地随之而来。在我的留学生涯中最重要的邂逅是与一本书的邂逅，而且因为当时作为一名穷学生，还是在书店站着把那本书给读完的，那是东京大学的船曳建夫教授编著的《文化人类学的推荐》。看过这本书以后，我就决定从当时就读的经营学转到人类学继续学业。

人类学的方法论就是从生活的现场出发，来考察我们所面对的均一而又复杂的“异文化”。尽管我后来离开了大学，但我想我在日本近十年学习中得到的，是足够的尺度和心胸去肯定一切在生活中存在的人和事，存在便是理由。我们每个人生来以及在后来的环境中，都会多多少少地产生各种偏见，而能够下意识地摒弃一切偏见可以说是留学的最大收获。人类学的根本是通过对异文化的接触来重审自己的文化，也就是对自己的身份认同的不断考察。在日本的十几年让我充分地接触到了不同于中国的“异文化”，但其实并没有机会去真正地反省自我的身份认同，直到通过微信这一工具让我和我出生、成长的中国又重新有了紧密联系。而对于此刻的我来说，经历了激烈的社会变革的中国社会，甚至是儿时的朋友亦成为了“异文化”和熟悉的“他人”。在两种“异文化”的钟摆之间的摇动是我思考的原点，而本文便是这种不断持续的思考的一个小小总结。

前段时间和公司的日本同事们一起到中国做了一次小旅行，几个同事提出要去大名鼎鼎的杭州走一走，于是我们包了一辆车从上海走高速公路到杭州。去的路上遇到了堵车，此时只看到我们的司机，从右边的紧急停车道超过一辆又一辆的汽车，然后当车队重新行驶时，司机灵敏地从左穿到右，又从右穿到左，为我们争取到每一分钟的时间。这让我想起一张难以忘怀的照片，于是讲给日本同事们听。那是一张2011年海啸之后汽车逃生的照片，只有两条车道的马路，一边是几百辆排着队逃生的汽车，而另一边相反方向则完全空旷，没有一辆汽车。即使明知道另一边不会有汽车来，也没有一辆汽车换道行驶。同事们都笑说日本人真是太迂腐了，坐在副驾驶座的同事不停地揶揄“太佩服中国司机们互相谦让的心了”。

在日本生活了整整十六年，对日本人的“守规矩”真是深有体会，这又让我想起另外一个片段。有一天小学四年级的女儿放学回家气呼呼的，她说今天午饭时，在征得班主任的同意后，去邀请了一学期只来一周的英语外教来她们班上共进午餐，外教欣然同意。我们住在乡下，学校孩子不多，一个班才十来个学生，她们平时午餐是四个人一组面对面地吃饭。外教来了以后，女儿本以为既然是她邀请来的，就应该去她们小组吃饭。没想到班主任建议说大家猜拳来决定外教到哪一组，结果女儿那组输了，所以她才气呼呼地回到家。

我听完女儿的诉说以后，心想班主任应该灵活

一点，改变一下座位，围成一个圈全班一起吃就可以了。当我把这个故事告诉身边的日本朋友时，他们都赞成我的想法。但当我把这个故事告诉国内一个好友时，却得到了不同的反应。他感叹道，中国人在规矩面前总是从自身出发，想着有无空子可钻，或怎么样可以钻空子，殊不知墨守成规才是现在的中国人所需要的。无以规矩，不成方圆，而今天的中国社会便是人人都想着如何钻空子，所以才无据可依，人心惶惶。

在规矩面前，日本人有一种发乎自然的尊重。有一次我的右刹车灯坏了，自己没发觉，从家出门送儿子去幼儿园短短的 15 分钟行驶途中，有两次在等红灯时，后面的车主特意下车跑过来告诉我。对日本人来说，汽车行驶在路上，就有一些重要的规矩，而遵守这些规矩是一种责任。

在早期教育的领域，国外的很多研究者注意到，日本妈妈在教育幼儿时有一个关键词：“素直”。在对日本妈妈们的问卷调查中，当问到“你希望你的孩子成为一个什么样的人”时，回答最多的是“希望孩子成为一个素直的人”，这在中国可能是无法想象的回答。

对于素直这个状态，有各种解释和定义，很难直接翻译成其他语言。不少西方的教育学家尝试解释为：服从，开放，真实，不反抗，直接，柔顺等等。

我们来看一下在日本某幼儿园实施的针对“素直”这一概念的一项调查研究的结论——“孩子和大人都把素直定义为温和和诚实的性格，并且能够和他人互动、建立起和谐关系的品质”。比如一位母亲在访问时说：“素直在人格发展中是重要的一部分，我希望我的孩子能接受他人的观点并且理解他人的痛苦。”还有一位母亲说：“素直意味着我的孩子不仅要有她自己的意志，她还需要通过倾听和理解他人而把他人的价值内在化。”研究人员在一系列调查后总结为：“素直是自律的一部分。素直并非为了集体的合作而放弃个人的自治，合作并非意味着放弃自己，相反，和他人合作是表达和加强自我的适当的方式。”

为了更好地在社会中生活，必须要和他人合作，而这种合作，用中国人的话来说就是：守规矩。守规矩，才会带给我们更多自由。孔子说从心所欲而不逾矩，然而，日本的守规矩和儒家的守规矩又有所不同。

如同中国有儒道两家一般，日本有神佛两教。在中国，儒家的守规矩，是和维持社会阶层和统治秩序联系在一起的，所以才会有反抗，以至于今日矫枉过正。而在日本，追求自我的本真、个体的自由和整体的平衡两者之间并非不可兼得。

大家所熟知的日本庭院便是其中一例。日本庭院的设计一般被认为是深受禅宗思想影响，而实际上，是禅宗和崇尚自然的神道教的碰撞和混合的结果。神道教讲究自然、简单之美，日本庭院是模仿山野的风景，利用一山一石一树的本来面貌而造就。

德国建筑家Bruno Taut（布鲁诺•陶特）在他的日本日记（1933—1936年）中描述，神社的神殿完全没有神像等雕刻物或其他宗教会有的装饰，然而这却更加打动人心。就是这种专注、朴素、本真让神道教和禅宗的相遇在日本得到了更完美的体现。

日本庭院在其出现初期，虽然和中国庭院一样，受到以道教思想为基础的“神仙世界”所影响，但和中国庭院重视太湖石等奇岩怪石不同，日本庭院以自然本身为素材，尽量避免过多人工的修饰。所以日本庭院石头的形状都很普通简单，但是，在对自然素材的处理上又很重视整体的平衡。这种既追求素直的个体，却又保持整体的平衡的精神体现在日常生活的方方面面。

二元论虽然难免偏颇，但有时有助于我们理解问题。借用二元论的理论，日本的日常生活中始终有文明和原始两者共存。日本国土的75%是山地，而人口的50%集中在占国土14%的平原上，人口密集度相当高。山代表了原始的一面，同时也是神所居住的场所，而平原代表了文明，在平原上有穿西装、打领带，为了在窄小的土地上与所有人都能和谐地共存下去，而不得不遵守各种规则的人们。

而原始的一面是和山联系在一起的，喝酒也是为了和神相遇的一种方式。所以喝酒是流传下来的大大小小的祭日中不可缺的要素，也是工薪阶层发泄压力的一种方式。日本人下班以后喝酒时，会和他们在工作时表现得完全不同，会表现出卸下面具后自然、放松的一面。对日本人而言，素直是越过了儒家的入世哲学，却并非反政府反权威的虚无主义，而是更干净、更纯真、更自然、不经雕饰的一种境界。

雕饰是人所创造的美学，代表了文明的一面，而自然的、不经雕饰的美学可以在日本的庭院、茶室有所体现。茶室用的都是未经加工过的天然木材，一个最好的例子就是金光闪闪的金阁寺里最重要的壁龛所用的柱，是一根未经加工的树枝。保持自然原装的未经加工的原本状态，是日本的一种特别的美学，被称为Wabisabi——侘寂。我们所熟知的抹茶也是保留了其苦味，在日语中形容这种苦味的词叫作“涩”，“涩”也代表了天然古朴的意味。素直便是除却了在文明社会中的那些装饰和面具，回归到一种自然的状态。

日本社会有两种极端，一是严格遵守规矩，而另一方面在人性上又极其宽容，甚至说得上是放纵。这两种极端奇妙又和谐地融合在今天的日本社会，而正是这样的交融才是社会多元化的推动力量。说到宽容和放纵，我们不能绕过的是日本当代的流行文化。

Kitty 猫、蜡笔小新、哆啦 A 梦等动漫角色在中国已家喻户晓。而对年轻一代来说，原宿系、涩谷系等时尚潮流，以及初音未来、Cosplay 等同人文化也产生了很大的影响。但在中国，这些流行文化所隐藏的深意或其之所以产生的背景，都未经考察和理解就囫囵吞枣地被模仿。结果就是年轻一代一方面自认为是做派新潮，具有个性，另一方面却在不知不觉中成为被消费文化翻弄的对象。

日本的流行文化之所以会在全世界引起瞩目和被模仿有很多原因，日本独特的素直“儿童观”可以说是一个重要的原因。在西方，儿童被认为是缺乏成人理性的尚未完成的人；而在日本，儿童被认为是人的原点，珍视儿童的直观的洞察力和柔软、不带偏见的心灵。

“日本的规矩，并非强迫接受社会的理性，而是把作为人必须要学会的体恤、礼仪等，为了训练本人而教给他。所以，人的内在精神世界是自由的。所以在日本，孩子可以作为孩子来生活，这一点很好地表现在漫画里”（日下公人）。

生命和无生命、人类和其他生物、孩子和成人之间并没有明确的区别，这种多神教的、泛灵

论的文化延绵到现代，刺激人的想象力，从而反映在现代日本的流行文化作品中，也可以说日本人对精神上的自由的不懈追求，才是现代日本层出不穷的流行文化诞生的原因。

让我们就从常常会被大人轻视的，年轻人的时尚文化的变迁为例来一窥全豹。时尚文化中比较有名的是“原宿系”。二十世纪六十年代受到西方文化影响的年轻人聚集在原宿一带，被称为“原宿族”。原宿一带出现了一些有代表性的时尚商店，出售的产品比如奶白色的连衣裙、心形或星形的饰品，布料用的是《爱丽丝漫游仙境》里那种民族风的花纹，从公主系列的裙装到朴素的格子裙等，带着少女感觉的表现出“kawaii（可爱）”风格的产品。而这些产品之所以会大受欢迎，是因为当时战后的日本掀起了模仿美国时尚的风气，而相对于这种成人的时尚，少女们追求不同的时尚和生活方式，对花样、形状以及小细节的挑剔，体现了她们渴望摆脱束缚的欲望。这些街头休闲时尚和漫画里描写的“可爱”因素重合，通过运用很多褶边和花边，幼稚和猥亵相交织，完全颠覆了过去的时尚风格，多少让人感觉“无秩序主义”，更多地体现了少女们的“个人主义”。

原宿系时尚在九十年代又以“洛丽塔风格”为代表有了新的发展。洛丽塔风格则是极端地强调了少女趣味，把少女的梦想以时尚的形式付诸于现实，包含着从既定的价值观和社会规则解放出来的深层愿望。日本的洛丽塔风格是通过强调非成熟性和“做梦”这一理想主义，来表达她们对压抑的成人社会的一种抵抗。

洛丽塔风格出现后很快又有了新的变化，其中之一便是“Gothic Lolita”。Gothic 原指象征了教会的权威性的十二世纪的教堂建筑形式。在欧洲，到了十八世纪，随着教会权威的削弱，产生了废墟主义，二十世纪产生了以恐怖电影为首的废墟文学和音乐，用到恶、死、恐怖等元素强调自虐性和攻击性。这种Gothic趣味流传到日本，产生了视觉系乐队，这些乐队的装扮是Gothic Lolita的根源。他们用到很多黑色和红色，以及十字架、恶魔或天使、蔷薇、蜘蛛等装饰品。Gothic Lolita是少女趣味和Gothic的结合，面对现代社会的飞速进步以及各种规则，少女趣味的天真与可爱同死与恐怖等概念相逢。可以说这是在越来越麻痹的消费社会中，少女们所找到的新的抵抗手段。

年轻女孩们在时尚潮流中寻求差异，这才接二连三地产生了不同的风格。然而这些初期自发性的摸索和尝试不久就被高度的消费社会所利用，通过杂志等媒体作为商品被推到大众面前。为了对抗，少男少女们又不断寻找新的手段，新的手段不久又被商品化、被大众所消费，在这样的重复过程中，流行文化不断丰富多样起来。

当日本的时尚文化流传到中国时，可惜的是，那些试图从重视效率和理性的成人社会规范脱离出来的价值观却并没有为人所理解，流传过来的只有通过消费才能存在的极端的消费文化。在这样高度的消费文化的社会中，自身通过所消费的东西被构建，这样被构建起来的“个性”成为判断一个人的价值标准。

如何在社会大潮中保持清醒的自我又不孤芳自赏，能与周围协调地生存下去呢？当然，我们期待社会的多元化，但与此同时，我们自身能做的就是，保持一颗素直的心。

回到前面女儿在学校的遭遇，事后我跟她的班主任聊起这件事。她的老师是这么回答我的：“她自告奋勇去请英文老师是好事，但是如果请来老师只是为了她自己，那别的同学会怎么想呢？如果她是为大家请的，那不是更好嘛。”在日本的早期教育中，很重视以鼓励来代替批评，而鼓励孩子就是为了使孩子能在受到批评之前，就意识到别人对自己行为的期待，能够敏感地获取他人的需要，从而达到使孩子自律的目的。换句话说，日本的孩子从小就被教导如何“迎合”他人。但能够理解别人的需要或者苦难，并且将之自然而然地转换成自己的需要和苦难，需要的不仅仅是对自己的素直，也是对他人的素直。

原来共感才是素直的另一个重要部分，也正是共感才能让我们在这缤纷多彩的世界中享受自我身份认同不断受到挑战的乐趣。

*Text*_ 张莉 *Photography*_ 多多

原味不丹

第一次去不丹，是最常规的十天行程，每天住酒店、看景点。当时的感受和网上到处可见的有关不丹的文章差不多，就是纯净幸福，也有点儿逃不出这些感受的单调和单薄。每到一地，其实我更喜欢看到当地人的日常生活，而那十天的行程，除了导游司机和酒店的服务生，和当地人的交流很少。所以，我决定半年后再来，去不丹东部的农村看看当地人真正的生活。

东部之行是途经印度走陆路进入不丹。在印度大吉岭停留的几天，不丹留学生朋友陪我在大吉岭四处闲逛，给我看电脑里的不丹电影。记忆深刻的是一部叫 *Perfect Girl*（《完美女孩》）的电影，这部电影是2005年不丹最佳电影，并得到不丹王太后的资金支持。电影根据真实的故事改编，是关于一个妓女的故事。是的，你没有看错！讲的是一个不丹妓女的故事，当时就震惊了我。

女主角是个品学兼优的好学生。上学期间母亲因病去世，父亲酗酒成性，每天不省人事。为了给母亲办葬礼，女主角向村里有钱人借了一笔巨款。这里需要介绍一下的是：在婚丧嫁娶这些大事之中，对于不丹人来说只有葬礼是大事。不丹人结婚，没有结婚照，不用办酒席；生孩子，没有满月酒，不用抓周。唯有一死，是人生第一大事，因为直接关乎着来生。不管多穷的不丹人，一定力争把亲人的葬礼办好，有条件的甚至要连续办二十一天到四十九天的法事，这些花销对于不丹人而言是一笔巨款。这样一笔巨款对于还是学生的女主角来说根本无力偿还，那个借钱给她的有钱老男人就趁机玷污了她。姑娘为了逃避老男人的纠缠，辍学逃到首都廷布做保姆。男主人又诱奸了她，女主人发现后将她赶出家门。姑娘又找了几次工作，也是屡屡遭到男人的骚扰和玷污，最后她就操起了皮肉生意。

虽然电影最后的结局是女主角终于收获真挚的爱情，但是这部电影仍然让我很震惊，因为没有想到不丹居然有妓女，还因为这部电影不同于其他不丹电影的浪漫和故事性，而是真实地反应了不丹女性生活的艰难，让我对不丹女性的真实生活产生了好奇。

不丹东部的农村，和中国的空巢农村一样，青壮年都去首都打工了，村里只有老人、女人和孩子。这一夜，为了欢迎我，一村子的人都来了，喝着酒，吃着炒米，女人们且歌且舞。虽然很累，我一直撑着没有睡，这个村子太少有外来的客人，更别说是外国人，村民们借我的来访自娱自乐，我不想扫他们的兴。直到凌晨三点，看到我已睡眼惺忪，大家才意犹未尽地散去。第二天，村里的女人又组团来看望我，这些女人年纪都在20多岁左右，她们在家照顾老人，带小孩，在农田里耕作，都显出超过真实年龄的风霜。大家言语不通，但是看得出她们对我的好奇。这样一个独自出门旅行，还跑到这么偏远的村子来的我，对她们而言可能是个不可想象的另类。我带的 iPad 里有当时最火的韩国 Wonder Girl（少女时代）的 *Nobody*（《谁也不要》）视频，灵机一动打开给她们看，她们惊讶地看着，笑着。不丹的歌舞都非常温和，左右踱步，配合着双手左右摆动而已。Wonder Girl 的舞蹈性感又妩媚，远远超过了她们的见识和想象。

就在十来年之前，不丹东部的农村还有着“Night Hunting”的习俗，和泸沽湖的走婚差不多。但不同的是，泸沽湖的女孩子还能通过篝火晚会来选择自己的情郎，不丹姑娘则不管来的是谁，只能被动接受。泸沽湖姑娘还有自己独立的花房，而在不丹农村，一家子是一字排开睡在地板上。因为女性的羞涩，被走婚时，女孩子只能装作熟睡，身边的家人也假装完全不知情。所以农村女孩子常常十几岁就怀孕、辍学、结婚，往往几年后离婚，因为学历不高无法找到好的工作，只能靠丈夫的赡养费或者娘家的接济。

记得我曾忧心忡忡地问了一个很无厘头的问题：如果是打算去 hunt 女儿，可是一家人在地上睡成一排，结果 hunt 错了母亲或是奶奶怎么办？听完我的问题，连腼腆而内敛的司机都笑得握不住方向盘，估计是觉得这个女人的问题太二了吧！后来才知道，在这里未婚女孩子是长发，而已婚妇女都是齐耳短发，所以一摸头发即可以分得清女儿、母亲。

去不丹东部之前，对于东部人走婚和嗜酒不大能够理解。但是经过此行，深深了解到每种风俗或者习惯都和环境有着不可分的因果关系。不丹人口稀少，东部尤甚，村子星星点点散落在莽莽大山中。我在 Lhuntse（伦奇）宗住了一夜，这里算是省会，也是以前不丹人前往西藏的交通要道。即使这样的地方，也只有不到百户人家，天黑后夜色浓重，几乎毫无人声人气。太阳落山时，我觉得自己的心也一点点凉下来，仿佛被遗弃在一个远离人世的地方，不由惶恐凄凉，这都是我在过去的旅途中从未有过的感受。我一个匆匆而过的游客都有此感，那么日日夜夜、世世代代生活在这里的人们，想必更需要人的热量来对抗自然的黑和冷。

再之后的一次不丹行，一个不丹女大学生一路陪同我们，女孩子年轻开朗。有天晚上来我们房间聊天，聊起家庭状况，她说家里五个兄弟姐妹和妈妈相依为命。父亲在她十三岁那年突然离家出走，她每天想念父亲，非常痛苦。而母亲，一个大字不识的农妇，独自一人拉扯他们五兄妹，幸好娘家舅舅一直资助他们，才终于熬过这些艰难的日子。在她十六岁时，姨妈告诉她，父亲离家出走是因为和有夫之妇有染，

被人家丈夫告上法院。根据不丹的法律，与有夫之妇有染，需要给对方丈夫赔偿，父亲卖了自己名下的地还不够，又卖了她妈妈名下的地。从知道真相的那天起，她就把所有有关家庭的表格中的“父亲”那一栏改为“死亡”。她的父亲还在廷布，但身体不是很好，父亲那边的亲戚试图联系过她，希望父亲最心爱的小女儿能和父亲见一面，她回答道：死了的人怎么可能生病呢？说这些话时，她带着决绝的冷静，是那种伤透了之后的冷静。我劝她试着去接受父亲，不然有一天后悔就晚了。女孩倔强地拒绝了，她说想想妈妈这些年熬过的苦，她就绝对不能原谅父亲，她们一家人现在很幸福，不需要这个父亲。所幸的是，她现在有一个稳定的男朋友正在交往中，但是姑娘坚定地要把自己保留到新婚之夜再交给心爱的人，因为她不想男人因为轻易得到就看轻了她。与这位女孩告别时，我对她说，她不能原谅父亲，也许是因为她心底还爱他。

一次次地前往不丹，也许亦是一种隐秘而深厚的缘分。直到我把自己嫁到了这个国家，这份缘总算是大白。当不再以游客的身份来这里，游客那种不着地气、满眼幸福的看法也就成为历史。无论繁华大城市也好，还是闭塞的村庄也罢，归根结底，都是人和人的生活，人和人的关系，这一点在哪里都是共通的，都是无法逃避的。而不丹因为多为大家庭的缘故，人的关系比起城市里来头绪更多一些。结束这个稿子的时候，想起一个小插曲。老公的表弟媳妇不知为什么说了很多关于我的闲话，而我从来没有见过她，连那个表弟也是数年前一面之缘。这些闲话被她小姑子传到我小姑子耳朵里，然后全家人都知道了。老公的妈妈还紧张地打电话过来安抚我，怕我生气，我倒一点儿也没有生气，反而觉得好笑，怎么就莫名其妙被人羡慕嫉妒恨上了？还有点儿受宠若惊的感觉。还好我从来没有神话不丹，也没有觉得离开繁华都市，生活就变得纯净和简单了。不过对于大家庭里女人的家长里短，看来我还是需要多点时间去适应。

Text / Photography_ 沈奇岚

秩序德国

Germany

“德国人特别准时吧？”常常有人问我。

可德国的火车也有晚点的时候。

在德国生活的那些年里，在我的认知过程中发生的最重要的一件事，就是不再以全称“德国人如何如何”来讲述关于德国的故事。

全称判断总是不准确的，满足的并非真正的好奇心，只是对想象的印证，看似得到了一条真理，其实和事实毫无关系。“德国人都很严谨”这句话和“中国人都很世故”一样不准确。在德国生活的日子，是一点点接近个体的过程。

我想讲的是一些个体的故事。

沃斯克太太：普通人的责任感

沃斯克太太已经六十好几，第一次给她打电话，回复的是一个语音信箱："您好，这里是沃斯克诊所，我们的开放时间是上午十点到中午十二点，下午一点半到四点半，请提前预约。"这难道不是她家里的电话吗？

见到沃斯克太太时，她大笑，说是因为她忘记把电话调回正常状态，所有的人找她，都是这样的自动答录。

"您要开诊所了？"我记得她的职业是中学老师。

"退休了，时间比较多，就学了心理学治疗师的课程。拿到证书后，就可以开始给人做治疗了。"沃斯克太太一头白发，眼睛依然闪闪发亮。

我曾在柏林短暂地住了一个月，沃斯克太太是我的房东。进门的地方有一面长长的镜子，沃斯克太太总是对着镜子，根据衣服的颜色，戴好一顶漂亮的帽子，拿出口红，对着镜子细细地描一下嘴唇。虽然她只是陪着我到门口的公交车站，指给我看该坐什么车，去哪里买面包。

她是个对自己有严格要求的女性。

沃斯克太太来到柏林是三十多年前的事情，单身，带着一个刚出生的儿子。我们所知的柏林，常常有着宽广宏大的长镜头，有美国总统慷慨激昂的发言，说着"我也是个柏林人"，这样的画面在一代又一代的电视电影镜头中出现。沃斯克太太的柏林，是一个单身女性的柏林，她考虑的是孩子何时放学，明日面包多贵，本月房贷继续要还，是否还有时间去做一份兼职。她的生活离政治甚远，和镜头无关，她的生活并不足以成为纪录片中的人物，她是这个城市里的大部分人。

为了兼顾照顾孩子，她选择了一份半职工作。她和周边的几个邻居组成了一个"照顾孩子团"，某个妈妈要去上班时，可以把孩子临时寄放在当日值班的家庭中。这几个邻居与她背景相似，都是奋斗中的独立女性。

对于沃斯克太太而言，她并没有想过要如何出人头地，职业生涯是清晰的。她没有野心，却有着惊人的责任感。

“我们的政府怎么能对这样的情况视而不见呢？必须要给移民的孩子提供足够的教育。”沃斯克太太对德国的教育系统忧心忡忡。她说她不反对移民，但是反对政府不提供相应的配置。她掰着手指头和我算：“到2050年，德国的学校里将近50%的人会有移民背景。现在德国的移民人口已经惊人，从意大利、土耳其来的移民家庭普遍有多个子女。但是很多人都不重视教育，常常读到一半就放弃，这些孩子长大了在社会上就很难有竞争力，怎么继续工作呢？”问她为什么为其他人家的孩子操心，她很自然地说：“如果一个社会50%的人得不到良好的教育，怎么可能是个好的社会呢？就算我的孩子处于另外的幸运的50%，他始终要和整个社会相处。”沃斯克太太，普通职业女性，深刻了解教育作用于社会整体。那些被挡在精英学校外面的孩子，迟早有一天，会用其他的方式发出自己的声音，用其他的方式出现在所有人的面前。

她说到柏林某个区的中学里，学生整日斗殴，老师对此视而不见，“他们不应该在十几岁的时候就被放弃。”沃斯克太太因此选择了教“特殊班”的学生英语。那些学生因为种种原因，对语言的掌握有些缓慢，沃斯克太太的工作就是让他们喜欢上英语，为此她特地编写了教材，“20%的人可能是很聪明的，但是这世界上有80%的人需要多看几遍课文。”一点就通的孩子不需要多教，沃斯克太太选择教需要耐心和关心的孩子。她的选择让人肃然起敬。

有一天晚上，沃斯克太太邀我一起看电视。她点上一支香薰蜡烛，在椅子里铺上软软的毯子，倒一杯红酒，坐定，开机。我问是什么节目那么好看，“是Karl Lagerfeld（卡尔·拉格菲）的访谈呢！”沃斯克太太对这个时装设计师很是欣赏，觉得他充满哲学思辨，说话很有趣。这是她享受生活的方式。周末的时候，她和她的男朋友一起去柏林的博物馆和画廊散步，看看新的展览。为了他，她会认真打扮。这些生活的乐趣一直都有，无论是在她单身辛苦带孩子的时候，还是退休之后的岁月里，沃斯克太太始终在发光。让她能持续发光的，正是她认真选择并承担的责任感。

沃斯克太太的诊所很快就会开张，主要帮助的对象，是离异家庭的女性，尤其是移民家庭中被欺凌的女性，她想用自己的力量帮助到身边的人。她自愿对另外50%的孩子负责，她发自内心地想分享自己的力量。一切的选择都来自心底的某种确信，这是一种最最天然的情怀，来自普通人的责任感。

海先生：成就人的存在

海先生是我非常尊敬的一位长辈。

记得第一次见他，我还在大学里读研究生，申请了他所在的基金会的奖学金，以期留学德国。那次见面，事后想来，算是一次面试。那些日子我正在读里尔克的书，看到一个说德语的人就很高兴，于是站在教室门口，眉飞色舞地和他聊着昨晚读过的篇章，完全没有多想他到底为什么来中国。海先生笑眯眯地看着我，没说什么话。

再一次见到海先生已经到了德国，这一次我去了他的办公室。他的办公室就像一个小小的中国艺术博物馆，墙上挂着巨幅的西安碑林的拓片："大秦景教流行中国碑"，另外一面墙上则是以春夏秋冬为主题的中国画。

"你要喝什么茶？绿茶？红茶？"

他泡了绿茶，故乡的味道，我们开始聊天。他说："来到一个新的地方，需要适应，你慢慢来。"他的话有种神奇的说服力。

关于海先生的故事，是在后来断断续续的相处中一点一点得知的。

海先生来到基金会之前，在一个著名的银行工作，高薪，稳定，职业轨迹清晰且闪亮。可是日日对着数字，让他觉得这不是他的人生，于是就辞了职，来到这个并不十分起眼的基金会工作。这并不是一个"follow my heart（遵从内心）"的励志故事，人力资源紧张、节约开支的基金会和银行相比，并不是一个有利于现实的选择。在基金会工作，意味着付出无限的精力和耐心去服务。海先生的工作，是在亚洲各国选择有志于学术的青年人，为他们创造深造的机会。为此他要看许多申请，为合适的人推荐合适的导师。这其中有许多繁杂的沟通工作，他毫无怨言几十年如一日地做了下来。

海先生说他最高兴的事情，是看到这些青年人回到本国之后，开始发光发热，在自己的天地里做出成就。有些人还记得海先生，有些人就从此杳无音信。“只要他们找到了自己的道路，就好。”

“太多的纷争源自不平等的发展，人与人之间，国与国之间。”海先生的愿望是：改变这个世界的不公平和不平等，他觉得自己能做的最小最小的努力就是给人以平等的教育。德国在教育方面比较有优势，让发展中国家的年轻人也有机会得到世界一流的学术教育，再把这样的成果带回本国，就可以促进各地的共同发展。

他知道自己不可能改变世界，但他可以改变世界的一小部分。

海先生让我钦佩的地方不仅仅是他对职业的选择，还有他对生活的安排。

他是个拥有精神生活的人。海先生的妻子是一位出色的小提琴制作大师，他们经常一起对音乐进行深刻的探讨，并且对西方音乐和中国的音乐进行学术研究，结集成书《繁茂的树枝：西方古典音乐在中国》。书中描写了上海二十世纪的二十至四十年代，西方音乐在中国的发展，“当时在上海的公园里有很多音乐会，所以西方音乐不仅仅是西方人的，也是中国人的。当时中国人欣赏西方音乐的普遍和深入，可能远远胜过了西方人本身。我相信西方和东方文化，不仅仅可以相遇，而且可以非常好地结合起来。”

海先生对中国的书法也是精通的，“书法是线条的世界，音乐和线条都是在时间中延伸，和时间形成一种互动。书法是十分具有表演性质的、富含行动的行为艺术，所以中国艺术是非常现代的艺术。西方到了当代才开始强调行为艺术，中国艺术从一开

始就是行为艺术了。书法是多么美的充满现代感的艺术！”

他欣赏中国的文人画，“中国传统美学是人格的美学，我想研究的是这种特别的人格的美学，如何在全球化的语境下、在现代转型中的中国，仍然保持完整。现在中国的艺术市场和西方的艺术市场一样：艺术家画图，卖掉。这让我很悲哀，艺术品成为了商品，艺术行为成为了商业行为，这是十分浅薄的。我想用我的书来表达，中国美学的核心是在别处——不是在艺术市场的买卖关系中，而在于成就人的存在（das Sein des Menschen erfuellen），成就一个和谐的世界。这种美学是一种生活哲学，让生活成为艺术品。”

海先生在他自己的生活中，践行着这种人格的美学。比如不用电脑写中文，他总是用手写，用毛笔或者钢笔，“汉字的美感在于，人们必须要通过学习实践才能掌握。人们学了汉字，才拥有了通向中国文化的路径。汉字和中国的文化思想紧密联系，不懂汉字，就无法懂得中国文化，汉字必须要流传下去。”

认识海先生很多年后，常与他交流德国对中国的总体看法。当德国的媒体对中国的报道有失公允时，他和当时气愤的我有过交流，他说：“我觉得目前德国的媒体关于中国的报道缺乏尊重，这也是商业化的后果，如果人们之间只有生意关系，如果‘人’只是工具而不是目的，这就会很危险，就很难彼此尊敬。”他的态度深深地影响了我。

海先生是我所认识的真正的汉学家——客观地、不带偏见地、心怀善意和爱意地来接近他的研究对象：中国。

“我觉得每个人都是一个世界，这个世界必须要得到尊重。现在德国有很多关于中国的书，什么书卖得好？女人的性历险，环境污染，贪污的故事，积累的都是负面的眼球效应。我的兴趣点从来不是在这些地方，我对一个人的思想、一个人所存在的世界有兴趣。他们如何理解和想象这个世界？这个是我关心的。人们应该互相对话，而不该是互相剥削。”

他画的一张中国画上，一个奋力划舟的人在苦苦挣扎，一旁题着德文诗：“身后一片荒凉，唯一所剩的只有呐喊。”

他总是提着一个用了许多年的文件包，梳得整整齐齐的白头发，永远礼貌又亲切地称呼着我：“Frau Shen”。

经常想起他纯净善良的笑容，朴素和直接的话语。海先生的存在，让我很安心：这世上是有这样的人的。物质于他们而言，并不是生命中最重要的事情，对人的成就、对美德的实践，才是他们毕生的追寻。

爱迪特：比较长的路

我认识爱迪特的时候，她的职业是摄影师，她的身份是慕尼黑市长夫人。那天我跑去采访他俩，顺便带着他们在上海的豫园兜了一圈。没有保镖，没有随从，他们就像两个普通的外国游客，在拥挤的人群中寻找拍摄的角度。他们俩很亲密，他看她的眼神，充满爱和尊敬。

爱迪特是我认识的所有女性之中最强壮的一个。

她拥有三次婚姻，六个孩子，第三任丈夫小她八岁。“强壮的男人才配得上强壮的女人。”爱迪特说。她是个强壮的女人，强壮到不需要任何附加，她从不畏惧年龄以及现成的一切状况。

去慕尼黑拜访她的时候，我们坐在街口的长凳上，旁边走过一个绅士模样的男人。他看到我们，走上前来，脱下帽子，向我们致意。“亲爱的伍德夫人，您知道吗，我一生中寻找的完美女性就是您这样的女人，我倾慕了您几十年。”这位老先生非常有礼貌地坦露着心意，一鞠躬，然后离开。我望望坐在身边的爱迪特，七十岁，依然光彩动人。

爱迪特很柔弱过，九岁那年，躺在病床上，日复一日，看窗外青草绿地上的孩子们嬉笑奔跑，于是烦闷。虽然住的是特等病房，可健康和自由才是她最想要的。她的祖父坐了火车从另外一个城市来看她，摸摸她的头，说了一些话。很久后，她才明白，那些话多么重要。

“爱迪特，你不要畏惧放弃你不需要的东西，它们其实并没有别人看起来那样重要。爱迪特，你不要畏惧开始，你深信和尽力的事情，上天必厚待你。爱迪特，你要实现你一切的梦想，不要遗忘，否则你会失去生活的乐趣。”病奇迹般地好了，她甚至变得更强壮，她给生命一个承诺：她要生活属于她自己。

爱迪特的名字里有个“von”，能把“von”用在名字里的德国人，往往都有来头。她的确出身于一个贵族家庭，可她从来没有为所谓的“贵族”头衔去做任何违背心意的事情。她没有如她父亲所愿的那样成为一个淑女，调皮，热烈，敢爱敢恨。“你知道，富人们总是拥有很多特权，可是我根本不需要。”

她的父亲是海军上校，十分严厉。她的祖母比她的父亲更严厉，如果爱迪特晚到家一分钟，等待她的就是训斥。她一直寻思着如何离开这个禁锢她自由的地方，结婚当然是很好的方式。虽然这个家庭意味着富有、安逸、不必操劳任何事情。可是，不能拿她的自由来换。

高中毕业后，她就结了婚，很快就怀孕了。她想，或许生了孩子之后可以有些时间去读大学。上帝给了她一个惊喜，她得到了一对双胞胎。倔强如她，是不可能回到原来的家里寻求帮助的。她甚至请不起保姆来照看两个孩子，于是一切亲力亲为。一年之后，她就有了第三个孩子，“那时我丈夫很懒，他不工作也不上进，所以我就和他分手了。”那时她没有工作也没有经济基础，但和一个无聊的男人在一起，她觉得那是最不能忍受的。虽然她不知道下一步是什么，可她觉得不要就是不要，生活属于她之后，才能变得更好。

第二次结婚，是和一个律师，然后又有了一对双胞胎。生活来得迅疾，她日日陷在家务中，可是她给自己保留了选择的权利。后来的日子，她加入了社会民主党，成为了慕尼黑的市政议员。只拥有作为家庭妇女背景的她，有过极高的票选，她始终是在为穷人的利益奔走。

“一个女子，离婚了，还有几个孩子，要做政治家，确实有些难的。”她说的是事实，于是她付出更多的热情。虽然每次走向麦克风之前，她都想对旁边的人说，代替我说吧。

“如何来说服你的听众？”

“我们知道他们要什么，表达要清晰，要时刻观察他们是否理解了你，跟着你的思路。你不能说得无聊。”

“演讲中你幽默吗？”

“这不是重点，我让他们知道我很可靠。”

从事政治最初是因为爱迪特的两个女儿上学之后，学校的教育系统非常不合理。这让她十分愤怒，她觉得自己应该做一些事情来改变。学校里设有家长委员会，用来让家长发表意见促进学校的改革。她毫不犹豫地加入了，非常积极主动地组织了各种活动。

那是爱迪特政治生涯的开始，作为一个家庭妇女，为孩子争取权利。

“那时我不满意学校的作为。我就问自己：你干吗不做些什么呢？我就去学校争取。我发现，原来我可以做那么多，原来我可以带领人们去到正确的地方，至少我可以促进一些事情。”

然后就加入了社会民主党，凭着良心和激情从政。

有一次走访民众，爱迪特碰到一个老婆婆。老人在她的房子里待了七十年，但必须得搬，因为市政建设中，她所住的地方要盖一座商业大楼。老人必须搬去一个她一个人都不认识的地方，她在房子前面泣不成声。爱迪特几乎义愤填膺，“低薪的人们要改建房子是根本负担不起的，奋斗一辈子之后还是要搬走，被剥夺自己的生活和生活的世界，被迫搬到远处去，那太残忍也太不公正了。”

四万张请愿单，她用了最短的时间去搜集，演讲，动员，解说。她和她的团队奇迹般地完成了这个议案，于是她成为了名人。“我发现我们的执政党政府从房地产开发中获利，我们是在野党，必须要监督他们。法律总是帮助富人，而且总是遗忘了穷人。”

“没错，我以前没有工作过，我是一个家庭妇女。但是那又怎样？我知道人们真正需要的是什么！”就是这样发自肺腑的演讲，真实坦荡，拥有强大的力量。

后来爱迪特进入市政府的议会，众望所归。她领导过好几次著名的运动，为民众争取更多的公共空间和公共设施。成为市政议员之后，她依然没有远离初衷，始终在为穷人而奋斗。于是她被选为代表去参加市长的竞选，只是一票之差，她没有成为女市长。但更重要的是，她遇到了伍德先生。

当伍德先生遇到爱迪特的时候，他们并没有一见钟情。他是记者，专门负责批判政府的作为，她是市政议员，天天要应付这些挑剔的记者。他比她年轻八岁，她已经是众多孩子的母亲，在第二次婚姻中有些焦头烂额。半年后，他们在一个派对上重逢。那是个化装舞会，他们不谋而合地选取了同一个类型的装束——英雄与英雄受难，“那天，他爱上了我。一周之后，我们就是一对了，直到现在。”

“我需要一个强壮的partner（伴侣），只有这样的男人才能赢得强壮的女人，他是这样的男人，我喜欢强壮而有趣的男人。”她不畏惧开始，虽然这可能意味着闲言闲语。那时候他还是个大学生，住在学生宿舍。爱迪特在家中哄孩子睡着后，就去学生宿舍和他约会。虽然传闻四起，但是他们坦然处之，“在德国，其实我们这样的婚姻也是很稀奇的。但是我们并不遮遮掩掩，因为所有的事情都见得了光。如果你藏起来，别人就会乱猜。”

伍德先生竞选成为慕尼黑市长之后，爱迪特从议会退出，他想让她去实现自己的梦想。她拍摄照片，他写书。每年夏天，他们都会去希腊的小岛上，远离喧嚣，看书写书。

爱迪特喜欢摄影。早在做市政议员的时候，她就走访各地。她的目光始终跟随民生疾苦。最早开始摄影是因为她想告诉其他人,她看到了什么,她是怎样看的。“当我是个政治家的时候，我是联合国教科文组织在德国的成员，每年他们都需要检查筹募来的善款用到了哪里。我想，就可以拍一些图片来告诉他们这些孩子们现在受到了教育。我的照片帮助到了人，所以我很开心。

“我一直在学习，我在艺术上没有什么企图和野心，我拍照就是我喜欢拍。”记得在上海和他们初相识的时候，他们坚持要坐地铁，满上海找漂亮的壁画。作为摄影家的爱迪特最喜欢老锦江外墙的细腻墙画，现在那片墙已经不存在了，幸好她当年拍了下来。现在他们在全世界拍摄的壁画摄影集已经出版成书。

他们是慕尼黑最被爱戴的一对夫妻。伍德先生的业余爱好是单口相声，有时候还在剧院演出，来买票捧场的人可真不少。有一次随他们一起去一个希腊餐厅吃饭，老板出来和他们打招呼，顺便摸了摸伍德先生挺起的啤酒肚，说：“真高兴您一切都好！”很难想象在中国，有人会摸摸市长的肚子，说：“我真高兴您过得不错。”他已经连任四届市长，可他和她都喜欢骑自行车上班。

爱迪特熟知慕尼黑最美的道路，有一次在地图上给我指路：“这两条路都可以走到我家，但

BIRTACCHI,
Lecco
Italy
221

是呢，你可以选择这条比较长的路。那条路上，种满了高而茂密的树，你可以走在树荫下，走很久，很舒服。”她不经意说的这句话从此留在了我的心里。

他们的生活并非一帆风顺，身为政治人物，总会面对无尽的权力较量。政敌对他们的攻击几十年来从未停止过，但是毫不影响他们的快乐和生活。爱迪特的人生有一种惊人的坚韧，充满爱和力量。无论是认真地追求爱情，还是放下政治的金光大道去追求艺术，都是认定了之后，坚持、恒久、不动摇。这个过程中最动人的地方，是她始终享受着乐趣，从不流露咬紧牙关的苦相，只轻轻一句：那时候睡得有点儿少，可没什么，孩子们的笑脸多美好！

承担自由

多年前的十月深秋，我乘坐火车从明斯特去莱比锡。在出发的时候，天空已经开始下雪。

火车一径向北驶去，越开越慢，越开越慢，最后停了下来。广播中传来了让人沮丧的消息：因为突然下雪，火车两旁的树受不了积雪的重量，纷纷倒了下来，造成了轨道封闭。“请各位耐心等候。”列车长说。

这一等就是从下午五点到晚上十点。车厢里并没有失去秩序，有些人甚至坐到了餐车里，陌生人和陌生人一起开起了派对。

因为厕所封闭，列车员有序地组织着要上厕所的人下车，在雪地里解决内急问题。男左女右，不见任何混乱的迹象。没有什么人抱怨，没有人和列车员起冲突，餐车给乘客们发放了免费的晚餐，及时地在火车票上敲章说明，凭着说明可以在被耽搁的城市住一晚，并且可以退票，一切都由铁路公司买单。责任清晰，解决方案及时，每个人都知道下一步可以怎么做。那一刻，我被这种秩序感深深地震撼了。

所谓秩序，就是在混乱中找到规则。自由不是破坏的借口，而是对认定的规则的承担。

我曾在柏林散步，这个城市时时刻刻铭记着过去。运河旁的白色十字架下总有着常开不败的花，那是纪念死于柏林墙下的人们，也是纪念那些渴望自由的心灵。这一篇文章只关乎个体和生活，不谈宏大的历史。历史学家总认为，个体在历史的车轮下，是被碾压的小花小草。可这些小花小草，才是我们的真实存在。机制不是逃避自由的借口，任何普通人，只要有基本的责任感，都可以做出忠于良心的选择，担负起自由的重量。

*Text / Photography_* 陆苏

大村。小城

就算是世上最美的湖，也美不过小村家门前的池塘。

在别人的城里，就算生活了十数年，也不觉得是家。

我想我是个眼睛里只存得下家门前风景的目光短浅的人，我还是个和花草树木在一起时才最自在的命中缺木缺土的人。在我的心里或骨子里，始终镂刻着一个小村的Logo（标志）。无论我坐在市中心高楼的落地玻璃窗前，还是坐在小村屋檐下的小竹椅上，虽然是喝着一样的咖啡，却是一样的草本情怀。

在城市颠簸谋生，在乡村散淡生活，就是我现在过的日子。

一到周五，我就打劫似的收拾了细软，奋不顾身地一头扎入车海人流，冲出内环高架国道，逃出高楼霓虹喧嚣，跟着绵延的青山，追着飞逝的绿树，向着小村飞，怀揣着一颗企图永不回头的私奔的心。

常常是月光遍地，我才进村。静谧灯光，无人村路，襁褓般疼人地，迎我。一路提着的心情，在吸入第一口清甜的小村制造的空气时，终于落榫般，一声脆响，归位，合一。

虽然每次都是小别而归，总有初次相见的喜不自禁，和劫后重逢的喜极欲泣。这里的地上都沉积着厚厚的看不见的香，脚印一落上去，似乎有香应声溅起，步步生香。那一刻的身心之妥帖，之安然，之尘埃落定般死心塌地……反正，就如一杆飘飞的芦苇被一匹绿水似的绸缎缓缓接住，轻柔拥紧，再拥紧。

这样的夜晚，每一分钟都舍不得睡，每一秒都似银子一样贵重，恨不得都压在箱底，攒着，慢慢花。又觉得这样的夜晚是从老天爷那里偷来的，是额外的奖赏，是可以想怎么挥霍就怎么挥霍的，如不羁看书看个半宿，如凌晨时分蹑手蹑脚到院子里偷看花睡或在一村的静谧里边散步边等鸟儿左一声右一声地婉转醒来。每次走过父母房间时，总要停一停，听一听他们的鼾声此起彼伏，一再验证心里巨大的幸福。

这样的夜晚，清泉屋边流，明月花间照。一无用处却又天价难买的美好，恣意流逝。恍惚间，常有要伸手找水龙头拧小点的幻觉。只有一个好梦，才配做这夜的镇纸，将如诗如画的

静夜轻轻镇住。

且放下，城市里那些永不服输的鸡血励志，那些不肯说疼说累的鸡肋坚强，那些很难抵达的虚妄理想，那些很难握紧的爱情，那些不甘和抑郁，那些豪情和崩溃……

人如同一张揉皱的纸，在小村缓缓舒展如新。人如同一朵倦怠的花，在小村渐渐水灵如初。唯有地气最养人，心里多少待递的叫作理想的沉重包裹，所幸有个故乡可以暂时卸下，歇一歇，停一停。

也就两天，睡到自然醒也好，闻鸡起舞也好，都挡不住周一不管不顾地降临，必得反复咬牙跺脚确认后，我才肯拔营起寨，以赴战场之悲壮折返城里。自由的棉麻袍子收进衣柜，好不容易脱下的盔甲战袍，又得万般不愿地一一穿起。松了弦的小二胡，又得紧紧当大提琴使。

在每一个飞奔进城的清晨，我都要一遍遍问自己，既然那么喜欢小村的恬淡，为什么要去喧哗城里呢？是为了想有一把金柴刀回村砍柴吗？既然那么喜欢和花草树木在一起，为什么要去水泥丛林里呢？是为了想要一把银锄头回村松土吗？为了不知为什么的为什么，我像一只小蜜蜂，周一至周五在城里埋头嗡嗡刨食。

闺密奕林有句“民言”，我的人生理想就是要吃点儿好的。借鉴一下句式，我进城所做的所有努力，就是为了让自己过得好点儿，有能力让爸妈吃得好点儿穿得好点儿住得好点儿。

因为家人在小村，所以我爱小村。因为我爱小村，所以在我眼里村庄比城市大。我想从城市里衔几根文明的布条给小村温暖，我想从城市里取几枚时尚的星光给小村璀璨。

和城市和谐相处，和小村相濡以沫。

和城市相敬如宾，和小村生死相依。

今生今世，就这样了。

明哥在阿才的店

*Text / Photography*_ 周裕隆

“阿才的店”在台北仁爱路二段，店很小，但不难找。去那里，是为了拍摄黄耀明，其实更像去应一个饭局。这次拍摄没有影棚，没有摄影灯，明哥只有那晚有时间。

围着桌子七七八八坐了些不认识的人，大家经过简单介绍，彼此寒暄，点头微笑，然后忘记。桌子上有一些菜，多半吃得只剩下半份，“地陪”招呼伙计拿来菜单添菜。大家很主动地往一边凑了凑，打开一个可以放板凳的缺口，我放下背包挤进这个圆圈儿。我的一侧便是明哥，他紧挨着我。

如此近地打量拍摄对象，我是头一次。我看不见他，除了他的手。我低下头，盯着明哥给我倒上一杯啤酒，又添给他自己。酒沫很快溢出杯子，流到桌面，由白色变作透明。他迅速起身拿了些纸，擦去桌面的酒。

这是家“苍蝇馆儿”，空间很小，只有四五张桌子。灯光昏暗，墙壁看起来脏兮兮的，挂着老旧的海报和广告牌儿。厨房就在我的不远处，我听得见铁铲敲击锅底以及呼噜呼噜的炉火声，仿佛一伸手便可从灶台端来下一盘新菜。我直言不讳地以拍摄的名义起身换了个座位，坐在黄耀明的对面，掏出相机。

明哥的脸已经通红，眼里充满血丝，说话时嘴里像含着一块儿难以嚼烂的牛肉。我并不担心此行的拍摄，在这样的酒局上拍摄，真是一种全新的尝试。我很早前便听说黄耀明人很随和，这拉近了他跟我的距离。我主动端起杯子，敬了他一杯，他喝掉一半。

早年听达明一派的时候，是从《石头记》开始的，我不算他们的铁粉。后来在

KTV 里看他的 MV——昏暗的蓝色灯光下，他的胸口插着一支箭。那首歌叫作《暗涌》，冗长的前奏总会把我带入一种迷离，而后醉去。此刻明哥就坐在我面前，胸口没有插箭，周围是醉眼惺忪的陌生人。我听不清他们说话，也听不懂。我觉得警察要来了，我会在他们闯进门的同时，掏出枪对着在座的诸位说一句对不起我是卧底，然后扣动扳机。我低头看看手里的相机，它已被我捏出了汗。

我问老板，这里有没有安静一点的地方。老板看看我，弓了下腰，笑着用手指了指天花板，那表情像是在暗示楼上面藏着白粉。

阿才的店有二层，楼梯狭窄陡峭。我挎上相机，和明哥各自拎了一瓶啤酒，上了楼。楼上空无一人，适才充斥耳鼓的喧闹已在脚下闷闷作响。地陪唯恐尴尬，紧随我俩。明哥在楼梯口的一张桌子前坐下，拿起酒杯。他看着镜头，询问我相机的牌子，跟我聊他喜欢的照片和摄影师，然后拿起杯子抿一口，再倒满酒。“台湾啤酒很不错”，他说。台湾啤酒我也喝过多次，在同等价位的啤酒里还算不错，那里面有一点点麦芽香，就着烤大腰子一定味道很棒。台北的馆子也有这种淡淡的香，那种香浸透在墙皮和桌缝里，如一枚把玩很久的古董，满满地附着包浆。阿才的店也是这样，好像从未装修过，却不显得破败。

楼梯咚咚响，老板提了两瓶啤酒爬上来，放到桌子上，伸手做了一个“请”的动作叫我们慢慢喝，依旧笑容可掬，那笑容让我觉得酒里下了毒。明哥抬头看着老板，道了声谢谢，“不会！”老板在衣服上擦了擦手，欢快地跑下了楼。

小店的二层有一片“炕席”，几乎占满了房间大半的面积。明哥刚喝几口，便站起身，跑到“炕沿”坐下。他拿起一双拖鞋，鞋上赫然印着仨大字“男子汉”。台湾人有时候真是幽默得乖张，连鞋子也叫这么凶悍的名字！明哥与我说话，喝酒，笑，然后拿起身边任何一个东西胡乱摆着各种动作。一条小狗跑来，他捉在怀里，嘟嘟地逗。狗显然不乐意，从他怀里扭出来。

他目送小狗溜到桌子底下，又端起酒杯。虽然一直按动快门，但我早已忘记是在拍摄，我完全放弃了对快门速度和焦点的任何要求。黄耀明几乎一直在动，我配合着蹲下再爬起来，那场景让我想起电影里跳舞的文森和咪雅。楼下的朋友也跑来凑热闹，刚上二楼就嚷嚷，“哇靠，不晓得你们这么‘嗨’哼！”我把他们驱赶到炕席里面当背景。他们哈哈地笑着，毫不犹豫脱掉鞋子，互相搀扶着，踉踉跄跄颠儿过去，坐在大炕的角

落。老板又提了几瓶啤酒上来，加入到这群人里。

明哥唱什么新歌了，我一点儿都不知道（当然也可以随时知道）。我发现自己了解的东西越来越宽泛，感兴趣的却越来越少。我从来没有觉得黄耀明的歌很“流行”，他“死”在我听卡带的时代。那时想要听最新的流行音乐，要背着父母偷偷摸摸地跑到街上的一家小店淘，那种做贼般的心情跟去录像厅看三级片差不多。刚刚发行的新专辑通常是买不到的，货要订。给老板留了口信，一等就是半年。

阿才的店的二楼很快变成了之前的一楼，我拍得差不多了，跑下去放相机。

楼下一个人都没有，我们桌上的菜保持着一片狼藉的形态，诸位的背包挎包女士包也都醉醺醺地倚在座位上没人管。楼上的地板咚咚闷响，那些欢笑声传过来像隔着一层棉被。台湾人真会“自嗨”！我感叹着，在桌上随便拿起一个空杯子，倒满啤酒。

诱人的白色酒沫迅速膨胀，而后渐渐爆掉，变成一杯透明的金黄。

E326

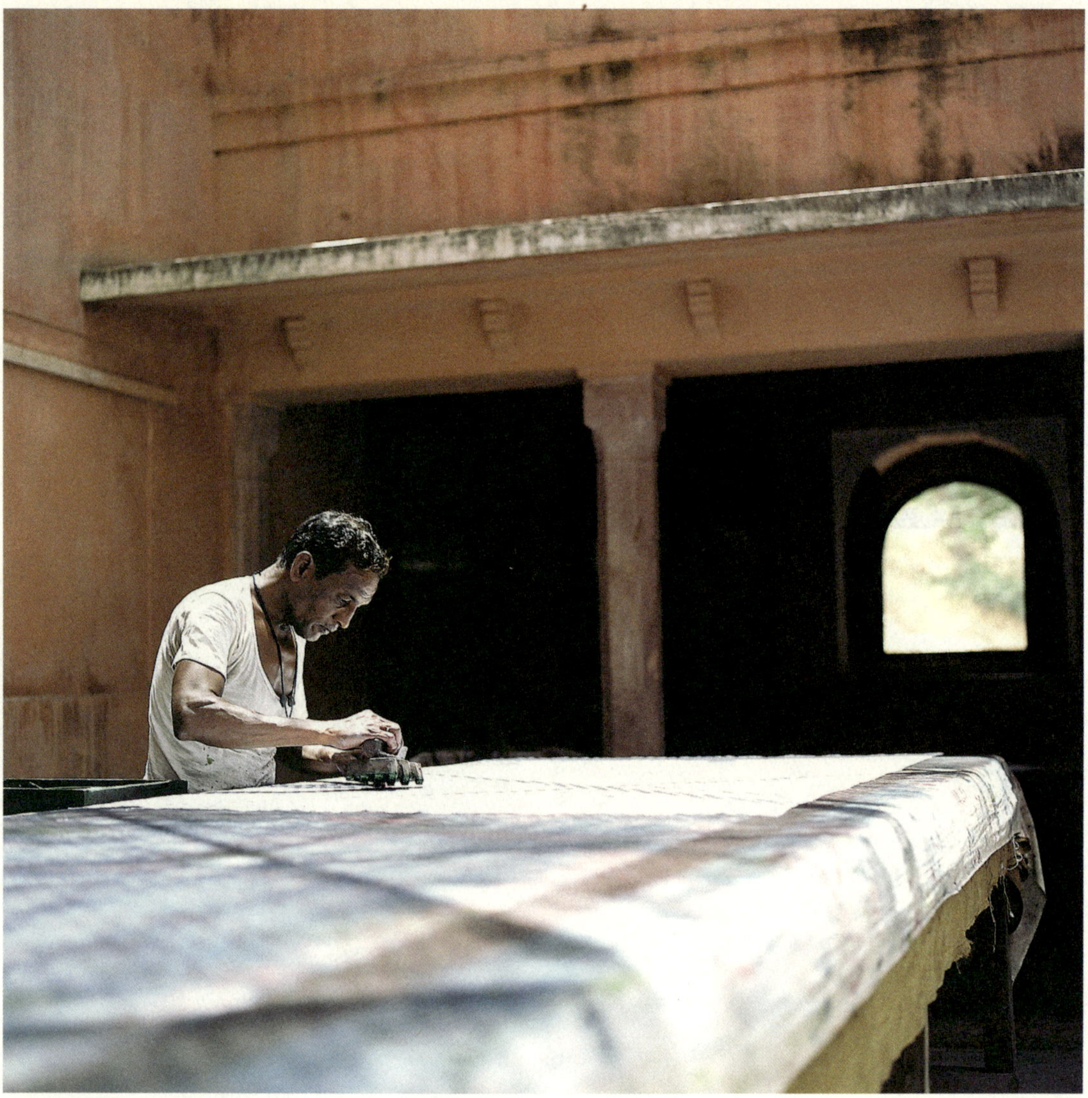

好物

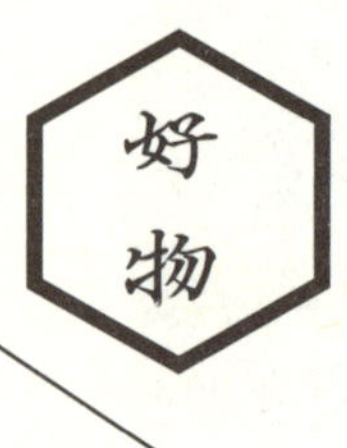

Text / Photography_shanshan

印记

❖ 很多我以为不灭的瞬间，随着月落日升悄悄遗忘了。还在印度时，我以为无处落笔的焦躁来自于旅途的疲累和大脑的放空，回家后翻看当时的笔记，想把自己丢回到那个情境中，但没有用，我依旧面对白纸一再发呆。画面一张张跳出来，随即像道路两边的风景一样快速退去。

❖ 多年前的夏天，在克什米尔被船主欺骗与傲慢地威胁后，我坐上由斯利那加前往列城的颠簸破班车，已经释怀，拉达克荒原上大丛的薰衣草如野草般恣意生长。初冬，去探访喜马偕尔山区的羊毛纺织作坊，林木山风间，斜阳西沉，野樱吹雪。在印度教的认知中，众神可化身为山川雨露、鸟兽虫鱼、风云草木，同时，他们否定并抹掉时间的意义。《梨俱吠陀》的创始诗篇中写道："那么空无也不是，存在也不是。那么既无死亡也无永生。"富有想象力的传说、史诗或神话却都没有被赋予快乐的结局，运用大量暗喻述说着野心与背叛、战争与爱、毁灭与重生的真实故事。

✤ 印度至今还是一个享受手工的国度，街边小吃摊子，新煎好的金黄色土豆块在手敲大铜盘上散发诱人的香味。裁缝铺里，脖上挂着软尺的裁缝用一把锃亮的老式黄铜把手大剪刀咯吱咯吱地剪布裁衣，旁边的年轻学徒正把烧红的炭放进沉重的铁制大熨斗。那种历经时间淘选出的最传统质朴的形态之美、经年使用后的实用之美与生动的变化之美，仍让人感动。

✤ 收拾东西，行李里掉出一方小手帕。每年到斋普尔的琥珀堡都会去博物馆看望一个印工，其实也不算看望，语言不通，我们甚少说话，互相不知姓名。每次，他看到我会露出熟悉的笑容，我就在午后的光影里默默看他印布，然后照例把去年拍的照片交到他手上。有次离开前，他打手势叫住我，快速裁了 20 厘米见方的一片薄棉布，用子母小木章一印一印盖出蓝绿色的花和叶，拿报纸吸掉颜料水分，交到我手上时还湿润着。这方手工印染的手帕，后来拿去扦了边线，使用到现在。

✤ 印度手工木刻印染（hand block print）的历史可追溯至十二世纪，经过印尼、马来西亚商人们将印度的手工织品运抵远东地区，数百年后的今天，人们依然按照昔日的传统方式制作手工印染布料。

为我印制的手帕

手工雕刻印版

蓝染布在村子的沙地上晒干

❖ “The wooden block”这块并不大的雕版印章，印地语叫“班塔”，工匠将设计完成的纹样绘制在纸上，然后粘在切割成合适大小的硬木块表面，用数十种粗细、角度不同的錾刻工具一点点手工雕刻出花纹，更精妙的设计会用几块配套使用。印度各地使用的木材不尽相同，大多数是木纹细腻、质地细密的柚木或乌木。木块上留有长条手柄，四周和底部通常会打孔让空气流通，以便木印章蘸满染料印制也能使颜色均匀，不出现气泡。新制的印章要在油中浸泡约两周以软化木材纹理。

❖ 在化学苯胺染料已经普及的今天，还有一些工匠，在村镇中使用祖辈流传下来的天然染料制作手工织品。在印度，天然蓝染使用的是豆科植物木蓝，印地语、孟加拉国语、古吉拉特语均为 nil，梵文念为 nila 或 nili，意为深蓝色。村民采集木蓝的茎和叶片加石灰水发酵，待月余取出泥状沉淀物，再加木灰水进行建蓝，持续发酵并将杂质分离，最终得到宝贵的靛蓝。每个染布工都有自己认定的调配比例，好的靛蓝瓮可以保存使用数年。

阿吉拉克印染

❖ 刚染好的布料呈深绿，几分钟后氧化为美丽的靛蓝。需要多重蓝染，保留布料本色或浅色花纹的部分，与我国的蜡染使用蜡刀上蜡不同，这里用雕刻好花纹的木印章，印上由小麦粉、树胶和莱姆混合制成的膏作为保护，再入瓮染色，之后洗掉膏状物便成。切碎的石榴皮和姜黄根煮水能染出自然的深黄色，如果要染微微的蓝绿色，只要把蓝染过的布料放入其中反复浸染即可。

❖ 我特别喜欢的阿吉拉克印染来自古吉拉特邦喀奇，这是印度最古老、复杂和特别的手工印染之一，使用木蓝和茜草染制深蓝和红色，也注重留白，此“白”并非布料未染的本色，而是来自于诃子染出的淡淡泥黄色，这种植物果实含有高浓度的单宁酸，是印度传统的药材。 真正的阿吉拉克染甚至要用到干燥的骆驼粪，光是印染前对棉布的处理就得花费数日，完成印染需要至少十几个复杂工序。所有传统阿吉拉克染的纹样都是穆斯林传统图案，布料中心和边缘是类似四方连续的几何图形，灵感来自于椰枣、杏仁和无花果的形状，也有由穆斯林镂空窗花变形而来的图案，其他部分搭配传统穆斯林风格的对称形植物纹样，现在也使用植物花纹作为边框。传统上，真正的阿吉拉克印染布料只供男性使用，一般制成lunghi，也就是长度到脚踝的围腰布，亦会做成包头巾或者肩布。

风格多样的印度手工印染

❖ 桑格纳位于拉贾斯坦邦首府斋普尔的郊区，自十七世纪就是出产高品质手工印染布料的中心。

❖ 桑格纳风格的印染线条流畅分明，多使用红、黑两色，由茜草印染出浪漫柔和的红色。巴格鲁风格的印染多使用深红、铁黑和天然蓝染（indigo），局部点缀绿色和黄色。比起桑格纳多为花草纹样的印染，传统巴格鲁的纹样包括多种植物、鸟类和几何纹样。

点金和点银

在印制好的布料上局部点金或点银具有波斯风格。点金使用铜制的筒状模具，一头有纹样的镂空，中空的筒里放置胶状的印染膏，在布料上迅速均匀点印，趁未干时涂上金粉和银粉。

卡里印染

传统的卡里印染用微量金、银、云母、红铜混入印染前的胶状染料，使用白色染料印制纹样，这样的染料浮于布料表层不能渗入纤维，所以染好的布料如上过浆般不那么柔软。

CHEMISTRY
MATHEMATICS

一部分我订的织品在斋普尔小镇巴格鲁尔附近的村子手工印制，几年间，这小村我已造访数次，依旧觉得像烈日下的迷宫。路边莫卧儿时代的石头房子塌掉一半，屋内丛生杂草，早已无人居住，残存着弧线优美的窗。村里的一切远没有看上去或想象中那样美：完全没有上下水系统，村民使用手动压力泵从地下汲水，污水倾倒在屋外，垃圾则堆在离屋子很近的空场，散落在各处，热季时腐烂的味道蔓延整村；比狗和牛更多的是小跑着的大大小小的猪。我到的时候，妇女们正把成卷蓝染布搬出屋外，这些美丽的天然蓝染就铺在每个作坊附近的灌木丛或沙地上晒干。一群孩子看到外乡人就从远处奔过来，羞涩欢快，小心翼翼地看相机。长大后，他们也还会继续着祖辈蓝染和印布的手艺吧？这家作坊没有童工，这也是我坚持与他们多年合作的原因之一，很多妇女也在这里工作。

我想想自己，是不是一个好龙的叶公？没有上下水，垃圾污水布满街道，尘土蔽日，没有路灯，冷饮都买不到，这样的小村子我真的喜欢居住吗？什么是印度的本真，而我又真正爱印度的哪一种表情呢？回去的路上不想说话，Mr. Gopal（戈帕尔先生）停车买了两包 moong dal（是一种炸豆子零食），我默默把豆子倒进嘴里，缩在座椅里把自己变为一株人类仙人掌。回到城里常去的餐厅晚餐，穿着干净讲究、轻声说话的人们在我周围，新鲜的薄荷茶和蓝芝士核桃沙拉依然好，带着“back to civilization（重返文明）”的羞耻，我吃得索然无味。

现在想来，漫长旅途中的一切都有意义，无论是遭受不公与苛待，亦或得到爱与自由，都是组成未来图景的拼贴碎片。某次，遇见了一些人一些事，也遇到最本真的自己，站在一样的星空里，真实地面对人生。

面相

黑頂山雀

*Text*_ 鲍尔吉·原野

姜嘎这个名字来自史诗《江格尔》，力大无穷的英雄江格尔，在南西伯利亚的图瓦国，读音变成了姜嘎。

姜嘎每天上午10点到宾馆来——宾馆在清澈的安吉拉河的南面，是国宾馆。虽说是国宾馆，房子却很小。走廊铺着厚厚的羊毛地毯，墙上挂着大幅油画，整个宾馆只有二十多个房间。一些国家的元首来图瓦，比如芬兰总统和德国的女总理到访，都住在这里。现在宾馆里只住两个人——我，另一位是从印度来的西藏喇嘛。

姜嘎25岁，弯弯的眉毛像镰刀罩在黄眼睛上，脸像北京烤鸭那么红而亮，他是我雇来的向导和翻译。我们今天去呼斯腾湖，姜嘎说那里有会唱歌的鱼。

“是鱼还是海豚？”我问。

“鱼。”他模仿鱼的歌声，听上去比人唱得还好。

在湖边，我们看到了倒映在湖水里带细波纹的白桦树，看着比岸上更静谧，开满红花的湖岸如玛瑙的腰带束住了湖水。在呼斯腾湖边，几乎每一株草都开着花，可能跟现在是6月份有关，人脚踩下去生怕踩到了花身上。南风吹来沁骨的凉意，带着森林里腐殖质的气味。

姜嘎对着湖面唱起了低沉的呼麦，三个乐句，回环唱。他告诉我，“快了，鱼听到我的呼麦就要浮到水面上唱歌了，但它要钻进对岸横在水里的榆树的树洞里唱歌。”

我们等鱼出来唱歌，还有红脑袋绿身子的小鸟。“这么好的东西不会说来就来，这和天气和它们的心情有关，所以我们要耐心等。”姜嘎说。

我不信世上有会唱歌的鱼，就像我不信世上有会唱歌的玻璃，姑且听之信之。在图瓦，神话、民间故事和现实是可以混淆的。

我们从湖边绕过去，穿过一米多高、开蓝花的马兰。一棵胸径两米多的大榆树倒地腐烂了，一半倒在水里，上面有蜂窝、鸟巢和蚁穴，结满蛛网和树胶，露出水面的树洞边上飘着野枣的小黄花。

“呜——哇哇、嘀哩哩、呜！”湖面传来这样的歌声。

“鱼来了。”我说。

姜嘎摇摇头，他闭着眼睛倾听辨别。我已经看到，远处有人坐在岸边的船上，吹一根苇笛，他长着浓密的胡子，最奇怪的是手上戴着镣铐。

“可能是鱼，但声音像另外一条鱼。”姜嘎仍然闭着眼辨析歌声。

“是的，”我说，“鱼长着胡子。”

“长胡子？”姜嘎吃惊地睁开眼睛，我手指小船。

“噢，”他点点头，“听说过，囚犯。”

“囚犯？关在船上了？”我不解。

姜嘎笑了，说：“你们中国的囚犯都关在监狱里吧？我们不是这样。这个人用黏豆包噎死一个哑巴，被判划三年船。”

“怎么回事？”我问。

“是这样，他叫叶戈尔。他照顾一个哑巴，送饭啊、送熏蚊子草这些。谁也没听过哑巴说话，也不知道他从哪里来。哑巴在一个山洞里苦修。叶戈尔那年种了不少黍米，就是大黄米，可黏了，假牙最怕这个东西。叶戈尔把他蒸的黍米黏豆包送给哑巴，还有红糖和奶油，蘸着吃。哑巴吃完就死了，撑死了，也许噎死了。我从来不吃那东西，消化不了。叶戈尔很伤心，去首都克孜勒自首，请法院惩罚他。到树林里伐木也行，上山搬石头也行。法官们想了好几天，判决他戴着镣铐在这个湖里划船三年，现在已经两年多了。”

我们走近，这个囚犯很年轻，也就二十多岁，脸包在胡子里，露出的双眼很清澈。他用双桨划一个小铁船，船用铁链子系在树边的核桃树上。他一下一下划，水波从他桨下荡过，船原地不动。

我向他摆摆手，姜嘎说：“别招手，别和他说话，打扰他服刑。”

“那么，”我问，“原地划船对他罪行有怎么样的救赎呢？”姜嘎说：“法官告诉他，划船的时候要想着死去的人，忏悔。”

“他想了吗？”

“肯定想了，你看他眼睛多后悔。”

囚犯垂下眼帘，他手铐的长铁链挂在脖子上。

划呀，划。周围是湖水和森林，他真是太孤独了。我问：“有人监督他吗？”

“没有，监督他不是浪费别人的时间吗？”

“他偷懒吗？”我又问。

“不会，哪有那样的人？你已经犯罪了，怎么能不好好悔罪呢？他天天都来这里划船。下雨打雷天，有人还看见他在这里划船。”

“每天划多长时间？”

“一上午。”

“划船的时候可以吹苇笛吗？”

“可以，唱歌什么都可以，只要不离开这个船。心里悔罪，干什么都可以。他原来不会吹这个苇笛，是最近学的嘛。”

“划完船回家吗？”

“回家，放羊，采蜂蜜。”

“哑巴很可怜。”

“就是，真可怜。别说话，你看……”

一对红脑袋、绿身子的小鸟从水面飞过，听声如“滴卢……”叶戈尔在岸边划着桨，他的前额鼻梁晒成了紫檀色，没系拢的亚麻上衣领口露出发达的胸肌。

我们往前走，姜嘎蹲下，指湖面说：“看那边……”

湖面有几只张圆的嘴，鱼嘴。

“你听。”

我听到一阵颤音，像拨一根松弛的琴弦。

“这就是鱼的歌声。”姜嘎神秘地说。

那些像圆圈似的鱼嘴，原来在唱歌啊。

这时，和我住一个宾馆的喇嘛蹒跚着走过来，他身穿紫红袍子，手里拿一个铜壶，还有一根树枝，枝上挂着鲜艳的黄杏。

我们双手合十，喇嘛放下水壶和树枝，对我们合十。

“您在做什么？”我问。

他把脸往划船者那边偏一偏，“给他，你们在看什么？”

“听鱼唱歌呢！”姜嘎说。

喇嘛笑了，“鱼哪会唱歌？往上看。”他用下颌指树。

树上有啥？我没看出来。

“黑顶山雀的叫声，”喇嘛说，“它吃虫子，鱼爱吃它的粪便。”

“声音不好听。”我说。

喇嘛歪过头看我，“怎么会好听，哭呢。”

“鸟会哭吗？”

喇嘛并不回答我的问话，仿佛自语：“在山洞修行了那么多年，没得到正果，哭呢。”

他不是说哑巴吗？

“船不动，心动。都不动，就到彼岸了。山雀超度自己，也超度他呢。”喇嘛微微晃动树枝，凝视湖面。

我对姜嘎做个手势，我们俩偷偷走了。走很远，我回头看，喇嘛用水壶冲洗杏子，递给叶戈尔。叶戈尔吃着杏，把核扔到湖水里。

Text _ 张跃东

黑暗之花

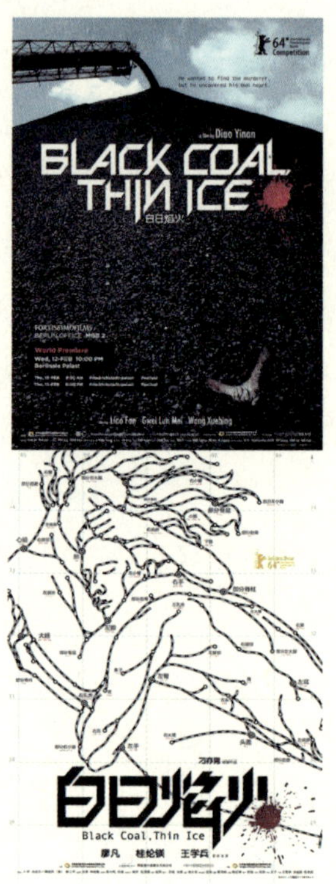

——刁亦男和《白日焰火》

今年开春，刁亦男导演和他的新片《白日焰火》一举拿下了第64届柏林电影节的金熊奖和银熊奖，一片揽双熊，差一点儿就举国震惊了。

“要钱还是要艺术？优秀的文艺电影到底能不能被国人接受？”这些老话题再次被提起，一时间沸沸扬扬。抛开这些不提，单就这一战绩，对于如我一般几乎要走投无路的小众文艺片导演来说，的确是个让人心生温暖的喜讯。消息一出，即刻有朋友发来短信，“兄弟，咱们加把子劲吧，这一切都是值得的”。

确实惹人眼红，先能得钱拍，接着拿金熊，最后上院线，简直就是三块大馅饼啪啪啪一股脑儿全都砸在一个人头上了。可得大奖毕竟不是中彩票，《白日焰火》前后七八年的艰辛我是多少知道一些的。不瞒诸位，在《白日焰火》的片尾鸣谢字幕里有我的名字，国内上映时如果没有被制片方或者是黑心院线掐掉的话，大家应该能看见。

粗想起来，我与刁亦男相熟竟然已经是十多年前的事情了。虽然是朋友，多年来却很少来往，更没有坐下来深入地交谈过。身边的朋友都把刁亦男称作“老刁”，似乎意喻着某种狠呆呆的老辣劲儿。但我对老刁其实是没有一个清晰的判断的。印象中，刁亦男是一个清瘦文人，他隐居在高楼林立的北京CBD，却羞涩朴素、语不夺人，一副九十年代知识青年的做派。偶尔一帮人小聚，无论何时打眼过去，只见他在烟雾中孩子般的笑，既不闻犀利之言也不见深刻之状，似乎是一个和独立电影导演这个苦大仇深的行当不太相干的人。

初识老刁，大约是在2003年，他正在拍摄自己的导演处女作《制服》。在此之前，他有着一份极其可疑的履历表。作为一名编剧，他创作了《爱情麻辣烫》、《将爱情进行到底》、《洗澡》等诸多在当时脍炙人口的小清新文艺电影。如果就这么一路小清新下去的话，想必刁亦男早已成长为一名炙手可热的商业片大导演或者身价不菲的金牌编剧什么的了。可他偏

偏不，一个急转弯，拍起了穷苦的独立电影，并从此一发而不可收拾。

十年修炼，刁亦男拿出了《制服》、《夜车》和《白日焰火》三部沉甸甸的作者电影。

《制服》是关于一个前途暗淡的小镇青年为了能留住偶然邂逅的女孩，穿上捡来的警服开始了堕落的蒙骗生活的故事；《夜车》讲述的是一位单身女法警和被她枪决的女囚犯的丈夫之间的惨烈爱欲故事；《白日焰火》则是以一个跨越五年的碎尸案为背景，讲述了一个落魄警探与女嫌疑人惺惺相惜的生死之恋。乍一看，你一定以为这是三部以血腥色情爆冷的小众叛逆电影。其实不然，刁亦男在这些通俗标签下隐藏的是他持续多年的电影思考。

中国电影这十年，实在是异常失控的十年。不管是离经叛道的独立制作还是一路滚落的商业制作，都不可避免地随着社会的疯狂转变而迅速调整着各自的形态。但刁亦男的创作却始终游离在这河水和井水之外，固守一隅，仿佛一个孤独的局外人。

作为一个决然的游离者，再剧烈的外部震荡对他的影响也是微乎其微。这种不为大势所动的矜持，使刁亦男的作品透着股难能可贵的专注劲儿。虽然独立创作剧本并花费大量的时间去寻求资金是大多数文艺片导演无法逃避的必修课，但实际上，很少能有人像刁亦男那样，仍然坚持将电影当作一门古老的叙事艺术，用数年的心力去潜心构造一个和时代主流相去甚远的陌生故事。刁亦男断然地拒绝了这个令人哭笑不得的浮华世界，像一个研习着某种失传技艺的手艺人那样，气定神闲地跟自己的创作相依为命。

这样的生产方式无疑是困难重重的，但这种创作观念却反之成就了他，使他的作品在速食商业片的汪洋大海中日渐显示出令人动容的偏执与独特，并强有力地承载着他不动声色的

电影理念。

如果你只是看过他其中一部作品的话，你也许会感觉到某种坚硬的陌生感。但当你将他的三部影片放在一起的时候，你会惊讶地发现，刁亦男创造了一个完全不受外界干扰的电影世界。那个世界幽暗暧昧，萦绕其中的欲望和冲动仿佛在黑夜中绽放的花朵，孤独而神秘，闪烁着生命的光芒。如果你熟悉新浪潮时期的欧洲电影的话，你一定可以看到阿伦·雷乃和希区柯克的合体，以及那个早已成为过去的电影黄金时代的影子。

如果整个电影史可以看作是影像与文学的对话史的话，电影与文学的关系始终是相生相克的，如同刀刃的两面。从电影本体的层面上来说，阿伦·雷乃选择了超越文学，希区柯克则选择了抛弃文学，他们以各自的方式极大地拓宽了电影的可能，创造了不可磨灭的银幕形象。虽然这早已成为过去，但刁亦男仍然坚持效仿着这些伟大的前辈们，野心勃勃地创造着自己的银幕形象。有所不同的是，刁亦男创造的人物更加无所适从和难以辨认，他的影像同文本的关系也更为紧张，若即若离，犹如站在刀尖上的舞者。

在他的影片中，刁亦男总是力图创造一个混沌但闭合的世界，以便安放那些被命运流放至此的男人和女人，安放他们宿命般的相识与相爱。当然，这样的爱情注定要在故事中被他们的存在之难污染和扭曲，并作为一个恒定的母题贯穿在三部电影里。

《制服》、《夜车》和《白日焰火》这三个故事都发生在灰暗的北方小城，孤寂的城市到处可见衰败的后工业痕迹，远远地隔离在光鲜的当代文明之外。故事的主人公被置于这样一个假定性极强的空间里，显得既举步维艰又充满了无限的可能性，使他们看上去既像是在这里生活了很久，又像是刚刚来到这个陌生的

地方。刁亦男电影中的女性是羸弱和平静的，她们像魂不守舍的幽灵一样生活在这里，守护着不为人知的秘密。而男性，则一如既往地充当着粗鲁笨拙的闯入者和既定秩序的破坏者。

在《制服》里，男主人公只是单纯出于荷尔蒙的躁动和对亲密关系的渴望闯入了一个陌生女人的生活，《夜车》的男一号则是为了复仇与屈辱的真相，《白日焰火》则是为了赢得某种不值一提的世俗荣誉或者是廉价的社会尊重。但不管原因如何，这些无助的男人们一旦开始行动便不可遏制地爱上女人，并为此孤注一掷，不惜身陷致命的秘密，挑战牢不可破的旧有秩序。他们奋不顾身地跃入一个个陷阱，并在这遗忘之地焕发出压抑已久的原始冲动，他们想以此证明自己，想活出一个真正的男人应有的样子。

毫无疑问的，刁亦男在影片中呈现的故事本应是激烈和有力的，但奇怪的是，观众却无法紧跟剧情完成连贯的情感代入。他们时常被打断，不得不抽身出来面对刻意为之的旁跳与间离。这种诡异的手法不禁让人联想到让·吕克·戈达尔著名的电影《阿尔法城》，迷离混乱却又严谨细密。以《白日焰火》为例，虽然这部影片自始至终被冠以侦探悬疑片，而且刁亦男处理情节的手法干净利落、张弛有度，但显而易见的是，这部影片的原动力并非单纯的案情推理与善恶对决，而是更为复杂的人性与私欲的拆解。片中人物的困境与突围，相互侵犯与拯救，纠缠不清的冰冷现实与爱欲之火，全都借助一宗命案层层铺展开来。由此，伴随着优雅的圆舞曲，我们看到的是难以名状的游走和跟随，捉摸不定的情绪漂移，以及因爱之名的逃遁与暴力。这种挥之不去的错位感，不仅是影片营造的复杂的时空关系造成的，更是刁亦男深入克制地呈现片中人物的隐秘欲望的结果。这就如同邀请一位训练有素的心理医生用精神分析法向你讲述一宗迷离的凶杀案，《白日焰火》从作者的用心和趣味来看，应该是一份送给有耐心的高智商观众的午夜大餐。

但其实，刁亦男三部影片的构造方式又并非是一成不变的。

从《制服》到《白日焰火》，刁亦男在他的作品中呈现出一种稳固的递进关系，这在导演与他片中人物的关系上可以看得十分清楚。刁亦男熟悉他镜头里的那些挣扎的人，他同情他们，

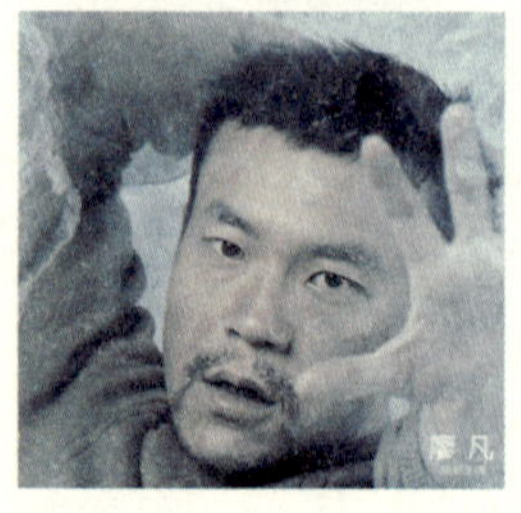

他们在某种程度上甚至就是刁亦男自己。只不过他们的自我意志在影片中逐步觉醒，抗拒着

情境与叙事的束缚。在《制服》中，主人公的行动自始至终被严格地限定在导演的意志之下，如同一个玩偶，充满了对外部世界的恐惧。而到了《夜车》，导演把更多的思考空间留给了角色和观众，影片里的人物获得了更为复杂的回旋和自我审视。最后的《白日焰火》，影片中的人物似乎已经不受控制了，他们获得了完全的自我意志，心怀叵测、肆无忌惮，仿佛随时可以行动或者走向自我毁灭的终点。

与这种连续性对应的是，今天的电影作者们赶上了没有最糟只有更糟的粗陋时代，因循有序的电影评判机制已经彻底瓦解了，许多导演步入了创作的瓶颈。他们的思想受到了扑朔迷离的观念与形式的毒害，表现出对当下创作环境的严重不适。

刁亦男没有丢掉手中的底牌，他停下来，在那些老掉了牙的悬疑推理小说中找到了出口。他向后转了转身，将流行于美国二十世纪八九十年代的黑色犯罪片的类型元素来了个彻头彻尾的本土化改造，融入到他的电影中。这个尝试，让《白日焰火》有了被大批忠实的类型片观众接受的可能，也让他的创作及时摆脱了艺术电影的束缚，披上了更加硬朗和有趣的类型片外衣。两部电影的锤炼，老刁从一个小众文艺片导演过渡到一个准商业片导演，并在与资本的共舞中难能可贵地保留了自己的作者立场。从这个角度上说，能与之媲美的也许只有成功嫁接过功夫片的鬼才导演昆廷•塔伦蒂诺了。

与昆廷不同的是，刁亦男没有来自文化混合的叛逆和玩世，他的电影仍然是以严肃的戏剧内核为创作基石的，这个内在基石就是原罪与救赎。《制服》里的女售货员过着陪侍小姐的双重生活，《夜车》里的女法警深陷于枪决女囚的心理黑洞，《白日焰火》里的洗衣店员缠绕在凶残的连环凶案中无力自拔。作为戏剧原动力的孕育之地，她们背负着不为人知的社会原罪在幻灭中等待着不法之徒的闯入，等待着那个勇于越界之人的救赎。但是随着戏剧的推进，这场救赎并不是通过道德层面的抉择与判定得以完成的，而是那个即将吞噬她们灵魂的秘密被闯入者所了解、承担和接纳，并最终被爱欲之火彻底融化。

刁亦男的电影创作如同秉烛夜行，于不堪的黑夜中照亮脆弱孤单的生命。他在一篇采访中说，希望这次的《白日焰火》可以带给人们勇气与力量，那是老刁的希望。我的希望是，更多的作者电影可以被大众了解和接纳，并最终被票房之火彻底融化。

光

LIGHT & SHADOW

影三部曲

——导演的三种可能性

Text _ 唐颖

很多年以前，我在一本杂志上看过王家卫导演的一篇专访，名字叫《用一辈子时间打开自己》，那时候我对电影还没有理性的认识，对于导演是一个什么样的工种，在电影中起什么样的作用，王家卫先生又为什么要用“一辈子”这么久的时间来“打开”自己，不能理解。直到多年以后，我的工作是分析影像，透过影像来探究创作者的初衷和热爱，才意识到世界打开了另外的一扇门。

一辈子大抵是一种虚指，我们活在这个世界上，可以被自己的自由意志支配的时间里面，最长的度量单位就是“一辈子”，值得用这么长的时间来做的一件事，那得多有趣有意义才行啊。

一个个的人和故事构成人类社会，构成历史和未来，我们没有那么多机会来尝试不同的人生和社会角色，也没有那么多时间将世间的所有风光都收入眼底，而影像给了我们实现一切的可能性，是我们看世界的另外一双眼睛。

黄莉

由纪录片转型的故事片编剧、导演。

个人职业经历丰富，曾在政府、国企、房地产、国际交流、影视等不同行业间跨界转换。二十三岁开始创业，三年后关掉公司，想完全彻底地改变生活方式。由于对影像的热爱，二十六岁进入中央电视台《体育人间》栏目，从零开始学习纪录片拍摄。四年时间，作为导演、摄影，独立创作十多期人物纪录片。现已从中央台离职，全心投入故事片创作。2008-2010 年，就读于北京电影学院继续教育学院导演专业，以全班专业成绩最高分毕业，获导演专业学士学位。作品多次入围国际电影节竞赛单元。

1

黄莉：因为是女子

小心你的童年，人生只不过是重复

第一次见到黄莉，是在 2012 年第二届九分钟电影大赛颁奖庆典上，她拍的短片《硬币》拿到最佳编剧和最佳女演员的两项大奖，她作为导演和工作室的代表上台领奖。

在北京电影学院标准放映厅的走廊里，她跟迎面走来的管虎打招呼，那天她脸色有点儿苍白，声音很轻柔，约着改天去看他剪片子。没有客套和寒暄，熟络得像是大学里跟隔壁班同学相约去爬山般自然。“看他剪片子比较有意思。”她说。

之后的获奖短片展映，我看到了完整版的《硬币》：故事发生在一个提供换硬币服务的报亭，老板是一位冷若冰霜的中年女人，她对周围的世界漠不关心。有一天，一个三岁的小女孩来换硬币，她想用一张糖纸换一个硬币，打电话给天堂的妈妈……奇妙的化学变化就这样发生在冷漠的报亭阿姨和怯生生的小女孩之间。

我问她为什么要给这个原本悲伤的故事一个童话的结尾，她似乎答非所问：“我只是对这个世界上的孤独有比较多层次的体会。”

一个人少年时和母亲的关系，决定了未来成长之后和外部世界的关系，而回溯她自己的成长，隐约感觉到的孤独与隐忍，会让内心充满了对温暖的渴求与寻觅，而这些，都在日后她的影像中一一呈现。“所有人都以为我在这部片子里的自我投射会是妈妈的角色，可是其实，我是那个小女孩。”以自己的方式来和世界相处，天真的、善良的、直接的、不设防的，也许潜意识里她一直在找，一种天然的温暖，像童话，因为梦幻，所以有想象的空间和发挥的余地。而这部充满着童话温暖的短片，入围了当年的香港国际电影节国际短片竞赛单元。

尼采说，小心你的童年，人生只不过是重复。你小时候实际已经做了所有的事情，而你的余生是用来挖掘童年并实现那个遥远的梦想的。

生命是一袭华美的袍，爬满了虱子

将伤感的故事讲得美好和温馨并不一定是女性导演的专长，见过对亲情关系没有多少留恋的女导演的影像处理，人物的线条是硬的，故事的气质是冷的。影像或多或少会泄露内心的秘密，正如另一位女导演李玉在早年接受采访的时候说，她以前的电影里，没有给母亲这个角色任何的机会。

人的经历充满了对生命的解码，从一出生开始，时间地点和人物的环绕，在冥冥中已经对我们的未来旅程做了细致的标记，像是搭了一个框架，像是经纬线的交织，经度是生命纵横捭阖的可能性，纬度则是情感密码的关联和渗透，她说，女人的感觉是温暖的柔软的和可以爱的，在脆弱敏感的同时又被赋予极强的承受力和忍耐力，认识自己接受自己，要从接受自己的脆弱开始。于是，2009 年，她辞去在央视的工作，卖掉北京的房子，去了西藏。

那是生命中一个低谷，亲情、爱情、事业、生活，用她的话讲就是，“每一样都不顺利，前所未有的绝望”，在朋友的陪伴下，她第一次看到了天葬，“我距离天葬台不过两米远，空气中弥漫着血腥味和饥饿的味道”。尽管后脊梁阵阵发冷，她还是坚持看下去，目睹了从有到无、从存在到消失的整个过程。天葬师告诉她，藏传佛教里，天葬是一种“布施”和“舍我”，当灵魂飞升，只剩沉重的肉身，而当肉身也不复存在，灵魂才真正得到解放。

越过重重的心墙，有一整片蓝天

她参加过一些稀奇古怪的培训班，有一些课程十分精怪，比如，被催眠之后回溯自己的前世，在过程中抑制不住地号啕大哭；还有火星人训练营，解放天性，释放自己……直到有一天，某一次课程，遇到一位心灵导师，她终于明白，她要做的是什么，“人生是一场魔幻现实的奇妙旅行，我是一个魔法师，帮助自己，也帮助别人，找到生命中独特的神秘宝藏”。拍电影，是其中的一个重要的环节，她意识到，这是天赋的礼物。

正在进行的长片剧本，她写了三个女人的故事，都市大龄女子，各有美丽与哀愁，与其说是探讨两性关系，不如说是对女性身份特质的一种再认识和再塑造，相信比相爱要难，很多时候我们和幸福只差一步。如果有可能，她希望邀请章子怡来演女主角，那种力量感和脆弱感并存的特质，是她心目中我见犹怜的值得被懂得被爱的女人的典型。

女性本身就是一种极其有内在力量的生物，因为女性拥有子宫，这是进化赋予女人的天分和责任。作为女性主义者，很难在一段感情关系当中真正去仰视一个男人，情感的角色被分化成两极，一种是像个孩子一样被保护和宠爱以避免脆弱和伤害，相反，也愿意像个母亲一样无条件给予和爱，全然不计较，于是在感情的姿态里面，只有孩子或者母亲这两者。其实无论孩子还是母亲，在情感关系中都处于无选择被爱和付出爱的角色定位，框进亲情的框架里，唯有自省，可以弥补和救赎。

在她看来，身为女人，有义务激情地、诚实地、充满爱地向世界表达自己，承认并且热爱自己天性的敏感与脆弱，拥抱自己渴望的热情与柔韧，做你想要成为的那种女人。

后记

很感谢的一点是，我跟黄莉在聊天的过程中会有一些奇异的碰撞，然后她就会大笑着讲，这是唯一一次哦，我从来没有告诉过别人，你要保密……她的太阳星座是双鱼，上升星座是天蝎，所以兼具了浪漫跟性感的特质，看她跳 salsa（萨尔萨舞）的时候，你甚至很难将眼前风情妩媚的舞者和片场上中性冷静的女导演联系到一起，但这的确是她的不同面。

采访的过程中，无论是说从前，说故事，说影像还是说回忆，有一些是别人的，有一些是自己的，嬉笑怒骂间，归根结底是借别人的故事来讲自己，借别人的身体来演自己，就像当年的《滚滚红尘》，张曼玉演三毛的外在，林青霞演内在，演绎的与其说是乱世一段情缘，不如说是三毛本人这些年红尘颠簸之后的宿命感与回归心，那么迫切，又那么无奈。

柏言

独立制片人，导演。

WAY 视觉艺术工作室艺术总监。

曾任中央电视台海外节目中心编导，新闻中心军事部编导。

2006 年大型纪录片《再说长江》庐山系列编导。

2008 年赴四川地震灾区拍摄纪录片。

2010 年为世界小姐张梓琳拍摄公益广告《关爱残障儿童》，获得中残联颁发的“爱心大使”荣誉称号。

2010 年为中国摄影出版社拍摄纪录片《口述历史》二战摄影家系列。

2010 年与内蒙古电视台合拍大型纪录片《穿越内蒙古》。

2011 年拍摄公益广告片《三个儿子》、《三个爸爸》在新浪微博引起强烈反响。

2012 年至今，在拍摄环保题材的大型纪录片《仰望》。

2

柏言：365 里路

从记录到纪录

CNN 的创始人泰德·特纳曾说过：影响我们命运的所有事件，都是记录者必须到达的前线。只不过，影响我们命运的大部分事件，更多的是藏在权力、人情、利益关系、制度等交织出的台面下的，要突破这样的包裹和包装，寻找到真相的核心，需要的，是独立精神、勇气、耐心和毅力。在拍纪录片之前，柏言是个记者，那时候他的名字叫作张铭。

见到他的时候已经是晚上近 10 点，他结束了一整天的拍摄活动回到工作室，坐定，他开始笑，说，有人说他是中国拍纪录片里面的“佛教专业户”，因为他之前拍过一系列和宗教有关的片子。我问他，你觉得是吗？他笑，不回答。

以前是拿着相机和摄像机拍摄，动作在快门按下的瞬间结束，镜头的延展在关机的瞬间停止，他觉得这是记录，而当你将对生命、对世界和时间的敬畏之心融入到你的镜头之中的时候，这叫作“纪录”，不再单纯是一个动作，而是一种信仰。

这个国家不盛产深喉，因为利益太巨大，而社会的道德感没有那么重。如今，所有记者职业具备的敏感与坚守相关的品质，他都平移到自己的纪录片《仰望》的创作中。“我们眼前的青山绿水，草原冰川，头顶的繁星，恢弘的古迹，绿不绿得下去，留不留得下来，我们的子孙后代能不能看得到它们，能不能记住它们……”

工作室养了一只蜡嘴鸟，他叫它“狗剩”，在我们聊天的时候，“狗剩”时不时在纸盒子里扑腾一下，像是提醒我们它的存在。我问他为什么会养一只鸟，他说，拍片子东奔西走生活没有规律，其他的动物也养不了，养狗你得遛，养猫你得陪，而养鸟不同，同样是有灵性的生命，它对环境变化敏感，但是它无须迁徙。

人生并不苦短

他的家乡在内蒙古，读大学去了上海，毕业又来了北京，来来往往的这些年，他由弹钢琴的音乐少年张铭变成了手握摄像机的导演柏言。松柏不言，他说。

《仰望》是一部开始于 2012 年的环保题材大型纪录片，他是导演。从开机到拍摄结束，用了整整一年时间。2012 年的 11 月 8 号，从北京出发，一路风尘，途经内蒙古、西藏、新疆、四川、福建等省份和城市，追寻过中国最北端漠河的极光，也流连过杭州的杏花春雨江南，经历过新疆的歧路迷途，也感受过拉萨的雪域朝圣，“看到无数美景，简直要膜拜自然的伟大，但是也看到好多的污染和破坏，觉得无比的心痛。”

他一直试图用一种理性的过程得到一个感性的结果，让它更符合生活本身，而纪录片是表达的一个媒介。从自然的角度出发，和自然交流，让人在忙碌的生活中放松下来，仰望的意义就在于此。

《雍正王朝》和《我爱我家》是他非常喜欢的两部电视剧。用戏剧创作的角度看，所有的喜好都关乎内心抒发，世间繁冗，凡人心虚无以抒发，站在坊间悲歌，被上天听到，管他什么王公贵族还是市井百姓，他们手指一点，世间的好多人身上便承载了肉身及灵魂扮演戏中人的责任，台下的人看他们或伤古或忧郁，或市井或温情，亦看杀伐决断的前尘，和这无法名状的今世。前者展现在大的政治背景环境下人的生存法则，后者则是温情洋溢的家庭与亲情关系，一半家国情怀，一半儿女情长。看戏的和演戏的都在沐浴着众生的悲悯，不必再说人生苦短。

内心时有的波澜是源于对成功的渴望和未知的好奇，如同《东邪西毒》里欧阳峰的困惑，年轻的时候我们看见一座山就想知道山的后面是什么，可能翻过去到了山后面，你会发现没什么特别，山的后面还是山。

2007 年是他的一个转折，在稻城亚丁遇到了白玛格里师父，师父教会他用心的力量去平复和重建，放下欲念，减少烦恼，去做对的事。我问他，你有过怀疑吗？他沉默了一会儿，说："有，当无法平衡内心的时候，就会怀疑，但是我仍然相信有对的事情需要去做，只不过我现在的智慧不够，我需要时间。"

信仰是内心的一种判断，它是我们的定海神针，决定了我们是谁，不同的年龄，相信的东西会不一样，不同的成长，相信的东西也不一样。科学之所以有效，之所以真实，恰恰因为它不是信仰，语言有太多误区，常常夸张或又言不及意。唯有相信，在经年累月中沉到心底，称为做事的准则，造就你的一切。

他相信，纪录片是还原时间的工具，以信仰的名义，诚实地面对自己，即便这一生一直在路上，餐风露宿，但是只要想到自己拍的片子曾经影响过一些人，那些不可再生的大自然的礼物，能通过影像留存于人们的记忆之中，他说，这就是生命的意义和价值所在。

后记

他是内蒙古人，酒量不错，相比较白酒的浓烈，他自己酿的山楂酒就显得十分温柔，酸酸甜甜略有后劲，像是冬天里的一抹春风，微暖、微醺。他笑称，天蝎座采访巨蟹座，有意思，同样的水相星座，又恰巧上升星座相同，纯粹的天蝎座和纯粹的巨蟹座之间的对话，像是一场真心话和大冒险。

水相星座的其中一个特质是敏感，对世界求真又充满怀疑，因为敏感，愿意琢磨，所以容易体察周围人的细微变化，但要照顾别人的情绪，往往会活得比较辛苦，这是对自己的某一种"预见"所付出的代价。所以，他选择不在《仰望》中讲任何一句话。只有音乐，只有影像，它们唯美，它们温柔，同时它们又尖锐和激烈，色彩、材质、物种、信仰都在冲撞，因为无法预知失去的期限，那些细小的故事和无法言喻的情感，才显得尤为重要。

NEYSAN

出生于德国，后随父母辗转伊朗、斯里兰卡等国，十岁定居加拿大，毕业于蒙特利尔大学和悉尼大学，获得文学和法学学位。在澳大利亚和百慕大作为合伙律师工作十四年。主业是国际律师，拍电影是业余爱好，三年前来到北京，拍摄于北京的导演处女作《次元》入围21个国际电影节，并获得数个奖项。

3

Neysan：空气中的迷

灵魂内的某处是宁静，试着去找吧，那里有珍宝。

——W. Tudor-Pole（韦尔斯利·都铎·波尔）

意识脑和艺术脑

2013年10月的某一天，我在新浪微博看到了一条关于短片的微博，被很多人转发，当伍仕贤、范冰冰、冯绍峰、高以翔、赵又廷等风格不同、属地各异的明星都在给这个叫作*Dimensions*（《次元》）的短片奉上溢美之词的时候，我很想知道究竟为什么。

带着好奇心，我看了这个片子。与其说它是一个故事，不如说是一次尝试和实验，让对话发生在两个男孩之间，光影明暗黑白的对比，音乐的铺垫，场景的变化，是为了营造看似在同一个空间里的平行宇宙，如果把场景放进一个平面，这两个人物就像两条异面的直线，你看得见它们，可是永远没有交点。

最初，我以为导演 Neysan 拍 *Dimensions* 是突破风格的一种新尝试，聊天之后，我才知道这是他拍的第一部短片，他的职业是律师，拍短片纯属业余爱好，除了摄影和后期调色由他的一位摄影师朋友 Saba Mazloum（萨巴•玛兹洛姆）来担纲之外，编剧、导演、剪辑的部分都由他自己完成。我问他："为什么要采用两个孩子对话的形式？"他说："需要让观众看见导演的用心，但是又不能说教，如果是两个成年人在说一些高深的东西，你可能会觉得习以为常，没有创意感。"在他看来，剧本、音乐和想象力是电影最重要的三个元素，他希望人物之间的对话是有新意有趣并且可以给人留下深刻印象的。

根据美国心理生物学家斯佩里博士的左右脑分工理论，人的左脑负责判断、逻辑、分析和推理，称为"意识脑"；右脑负责形象记忆、情感、想象和灵魂，也称"艺术脑"。而对于一个双子座的国际律师和短片导演，他简直就是印证斯佩里理论的最佳人选。

也许跳出所谓的专业科班的窠臼，更容易有自由自然的表达？于是两个次元的对话在两个孩子之间开始了，平行宇宙的理解，涉及地球物理和天文的领域，画面中黑白和彩色的色调变化，让空间的变化跃然，也让观众有了深层的思考，究竟哪一个孩子才存在于现实的空间……

值得一提的是，*Dimensions* 2013 年入围了 21 个国际电影节，在欧洲获得了法斯耐特国际短片电影节的"最佳实验短片奖"（Best Experimental Short Film at the Fastnet International Short Film Festival），在洛杉矶获得了努尔国际电影节"最佳短片奖"（Best Short Film at Noor International Film Festival）。

时间相对论

和几乎所有的加拿大中学生一样，Neysan 在高中毕业之后用一年的时间来毕业旅行，这次旅行像是搭乘一辆时间快车。走过世界上十多个国家，他喜欢希腊，爱琴海的落日，圣托里尼的海风，时间在那里像是凝固了的河流，"最有趣的是那里的人们，当他们说话的时候，有一种奇特的魅力。"对于旅行来说，不在于眼球掠过多少风景，真正的意义，是你的心能够邂逅多少种人生。

他出生在德国，之后随着家庭迁徙辗转到伊朗和斯里兰卡，10 岁的时候，跟随父母定居在加拿大，终于能不再动荡颠簸。从襁褓中的婴孩到渐渐长大，成长经历过的那些战乱、贫穷、饥荒和死亡与成年之后的和平、富庶、安宁和稳定，这些相互对立却又相互渗透的记忆像是标记生命的经纬线，时而平行时而交叉，它们在同一个人的生命里并行不悖，组成了一个人思考人生和审视世界的坐标。

构思短片的时候，Neysan 的脑海中时常浮现他的岳父，一位在生命中绝大多数时候都是沉默的，但是一开口每句话都充满了智慧的老人，他用“纯净”这个词来形容这位在 2010 年离世的老人，“你相信有平行宇宙吗？我一直都觉得逝去的人会在另外一个空间，凝视逝去的时光和逝去的你。”他相信每个人都是有灵魂的，当物理意义上的死亡发生，人的灵魂就跳脱出肉身的藩篱，重新获得自由，所以，他并不觉得失去了他。

在优酷和 YouTube 上每天有很多人看完《次元》之后留言，那些来自全球的讯息，让人惊喜更让人感动。有些人会说看不懂，为什么两个孩子的色调处理前后相反；而另外一些人说看懂了，但是觉得很悲伤，原来这两个孩子中有一个离开了这个世界，那么究竟谁离开了呢，在两个平行的世界里，流逝的是时间还是我们呢？

中国有句古话，生亦何欢，死亦何苦。多少人对于生与死又困惑又执着，困惑来源于对未知的一种恐惧，执着在于对身边逝者的追思。多年前读过徐订先生写给三毛的诗：《迷》——那生的生 / 死的死 / 从未知到已知 / 从已知到未知 / 历史从未解释过 / 灵魂的神秘 / 爱的离奇 / 而梦与时间里 / 宇宙进行着的 / 是层层的谜……

后记

这是我第一次做严格意义上的英文采访，所涉及的资料需要自行翻译和消化，有一些部分在我看来类似文化差异，有一些我觉得可以丰满一个人形象的内容，想要写进来，但是我的采访对象不愿意呈现，他更愿意将他的短片和他这个人割裂来看待。

我不确定关于他的经历跟故事有多少我能感同身受，毕竟，我没有走过世界上二十多个国家，我也没有经历过战火。大胆的假设，或许，次元和平行宇宙的概念对于导演来说，是他自己的一种生命感悟，来源于少年时候经历的动荡和颠簸。对死亡的思考是对生命意义的一种审视，在时间的相对论里，除了自己，我们谁也不会失去。

结　尾

电影《一代宗师》里，宫若梅与叶问的最后那段对话入情入心，习武之人内心修为的延展赋予了武术本身人性意义，见自己见天地见众生。电影之外，我不确定那是不是编剧邹静之先生的人生感悟，也许是摄影师对影像艺术多层次的一种交代，抑或是王家卫导演对早年接受采访时那句“用一辈子时间打开自己”的践行，在多年之后，呈现出阅尽千帆后的一种悲悯，于细微处见自己，于辽阔处见天地，于生动处见众生。

每一个影像创作者都在自己的心灵深处经历这三种境界的蜕变，由对自身痛苦的感受和领悟进而到对生命的悲悯，直至对死亡的不惧与释怀，当尘埃落定繁华落尽，我们这一生在做的唯一一件功课，终究是为了见到每一个平凡、倔强和具有旺盛生命力与创造力的自己，与他共生，和他相处，让他茁壮。

电影是物质的还是精神的呢？它属于物质范畴还是精神范畴呢？我们每天在物质与精神的世界里穿越，不再把两者对立起来，不拧巴不强求，尽量寻找一种动态的平衡，让自己以一种游戏的心态自由出入，虽然我们知道，我们的灵魂还在路上。

那些影像中浮现的伤害与释怀，相信与怀疑，存在与死亡，这些问题从来也没有跳脱出我们的大脑，我们渴望一些我们拥有之外的东西。

也许智慧和懂得从来都是最难量化和最不稳定的内容，它们会随着时间、环境、参照系和主观需求而改变。影像的世界，每个人都是主观主义，每个人都是唯心主义，万千朝拜者眼中自然有万众佛。

不拷问灵魂却洞悉世事，皆因，心之所至就是彼岸。

我喜欢我的大妞儿范儿

*Text*_ 叶蓓

我对我的快乐指数大体满意，硕果当然归功于爸妈一直以来对我的引导及遗传基因。

我遗传了我妈的乐观，好心态，及艺术细胞（她是大提琴专业）。她虽粗线条大大咧咧，但格局很大气，不纠结，整天乐乐呵呵，悠哉悠哉，今天老了，幸福指数还是高的。另外遗传了我爹的耐心及仔细。

他们俩人的共同点是都很感性。七十多岁的两个老人，经常会因遇到怀旧或留恋的场景哭哭啼啼，然后彼此安慰！

他们造就了独一无二的我。

我自小充满着安全感。

三十岁之前，我顺着所谓的感觉前行，每到一个路口，都有黑暗中的一盏灯引领着我的方向，永远不需要选择和解释。

小时候我自愿学琴，我姐十岁那年我六岁，她练琴我也感兴趣，姐儿俩会因为抢琴而没完没了地吵架，我妈糊里糊涂地不知所措，爸爸只自顾读报。家长稍不留神偏向哪一边都会迎来更凶猛的吵嚷，左邻右舍都习以为常了。

某一日，我被正式批准开始学琴。爸妈的思路是孩子必须有一技之长，既然准备要学，就要做好牺牲课余时间的代价。自此，结束了放学后的野孩子生活，改为两点成一线的生活，有时也会不高兴。

小学时，全校举办器乐比赛，我和我姐都参加了。我意外地夺得了全校冠军，我姐自然觉得很没面子，希望我把冠军的名次让给她私了，我俩正在楼道入口广播站讨价还价的时候，大喇叭里面已将名次着急地公布出去了。那时候我弹《献给爱丽丝》，姐姐弹《野蜂飞舞》，实际技术上比我难多了，但是缺少了点儿流行度，评委们更认知“爱丽丝”的旋律。那时的我成天傻乐，一点点的灵光。

我看不上骄傲的人，也看不惯有的人因为一点儿成绩而耀武扬威，觉得特小家子气。得了学校的器乐冠军之后我不喜欢被学校师生关注。老师们也说不上是重视我或是啥，因为不屑“巴结”这个举动，我跟老师一直保持界线。

有主见，有胆量，

有一些正义感，

它们是我的标签。

学校课间操，我被选中在操场上领跳韵律操，有一次跳得“很怒放”，居然从一米高的台子上掉下来了，遭到男同学起哄，我不仅没被笑倒，却好像啥事没发生过一样重新跃上了台子接着领操，现在想想气场得多大呀！

还有一次，“六一”篝火晚会，音乐老师给我一次当着全校师生独唱的机会，我唱《让我们荡起双桨》。头晚，我有点儿磨叽，不是别的，真有点儿打退堂鼓了，自我进行了很久的心理辅导，紧张依旧包围了我。尽管如此，我还是逼着自己硬着头皮上场了，其实，现场师生们的秩序比预想的混乱多了，忽然就不紧张了。那天，我对自己挺满意，喜欢那种超越自己的成就感。

我一直深信，我同幸运在一起。

十八岁考上大学，开学前的那个夏天，我想经济独立，开始思考如何自己赚钱。这源于我的成长阶段我妈把我管得实在太严了，没有课外时间，不能跟小朋友们一起玩，不可以把小朋友带回家，除了做功课就是练琴，听得最多的一句话就是“等你长大了你就明白了”。那时候我经常问我妈什么时候才可以给我自由，她说等我考上大学的那一天就彻底给我自由，其实后来想想都是在忽悠我。

我开始找赚钱机会的时候，某日我帮我爸从报摊买来了晚报，走回家的路上，看到报纸中缝张贴的小广告，记得有招调酒师的，有招服务员的，有招琴师的，有招歌手的。去应聘过几家饭店成功后，我每天固定时间去饭店大堂里弹三角钢琴，工作在那里管吃管喝，按照规定我穿白衬衣黑裙子，这身演出服伴我走遍了北京不少五星级酒店。一年之后突然觉得每天的重复实在没意义，便决定去 disco（舞厅）或 pub（酒吧）里唱歌。经历几次被炒鱿鱼后逐渐稳定下来，在当年读书的年纪，也算是手头相当充裕了。

有一段时间，我在一家叫“百灵”的pub里唱歌，这家pub在新源里的一个巷子里面，巷子两边每到晚上有好多小铺热闹地亮着灯，卖烟卖酒卖羊肉串。我跟乐队合作唱歌，我们每周更新一次歌单，每月排新歌我都是挑好听但是相对冷门的歌和乐队排练，比如爵士。但这个地方每晚人特少，所以基本都是想怎么唱，想唱多久，唱什么，都没人管，比较有弹性。

一晚，中场来了几个年轻人，总监说是《同桌的你》的词曲作者高晓松和郑钧几个人。那段时间《同桌的你》和《回到拉萨》火到大街小巷随处都能听到。他们那晚是来消费的。经介绍认识后大家互留了联系方式，我留的是学生宿舍的传呼电话。有一天，接到宿舍传呼电话，晓松说让我去帮他录制demo，我冒着大雪坐着小公共汽车转地铁去录制了他的新歌小样，认识了老狼和小柯。只是说，我依旧不喜欢主动巴结人，喜欢自然而然，幸亏，都是同路人。足足一年后，他们又联系上我，决定在整张专辑中启用唯一的一个新女声来演唱那张专辑中所有的女声作品。到现在，我还称晓松为“师父”，我是在他和狼哥的注视下长大的。

后来有一次晓松在做采访时形容我道：那时的小叶在一束追光下静静地唱歌，台下就我们一桌人，小叶沉浸在音乐中，就好像在一个无人的环境下自顾自地沉浸。

跟儿时一样，内心的天真一直跟随我，与社会的主流价值观反而是“阳关道与独木桥”的关系。生活对我来说，“当下”和“快乐”是挺重要的一件事。我爸从小教我“不卑不亢”，我还喜欢“不骄不躁”、“不气不馁”、“宠辱不惊”这几个词语。

我早被公众划分到异类的那一边了，因此也得罪很多人。我告诉自己坚持的理由只有一个：我不希望看到自己落入庸俗的圈套。

每个人来到这个世界上，都不清楚自己究竟是什么样的，对的，我们在扮演一个自己喜欢的自己。自在清澈是我向往的一种状态，我认为，好过谄媚奉承，贪图虚荣。我立志不被名利所牵制，我喜欢我的大妞儿范儿。

我的生活中，艺术陪伴着我，简单的创作，娓娓的细述，与乐手们的音符碰撞，那些感受太美妙了，如同时空是为我而静止，我的空间充满着美好的图画。

快乐是自己的，快乐是可控的，虽在边缘中行走，自己的面孔是清晰的。

Text / Photography_ 阿鹏叔

一切快都是一种慢，一切失去都是一种获得，世间的相对无处不在。

你觉得别人幸福，因为他们活在自己的世界里，拥有自己的人生。

我突然想起一个夜晚，一个普通又平常的夜晚。晚上十点，我结束了一天的工作走出大厦，购物中心正渐渐将外围的灯光熄灭，以提示顾客这一天血拼的终止。十字路口依然有没有退潮的人群，很多人的夜生活才刚刚开始。路边小小的公交车站满是刚从购物中心里飞奔出来的工作人员，为了节省时间，有的连工作服都没换。一辆公交车摇晃着停在路边，一队人争相上了车。这时候的路况并不好，结束晚餐或购物的人，刚刚下班的人，正进城开始夜生活的人，把三里屯堵得水泄不通。

如果此刻你正乘飞机离开或者来到北京，一定可以从一个更完美的角度俯视到这座城市无比壮观的迷人夜景，那一片纵横阡陌的夜的麦田，混杂着生活的希望或欲望，横平竖直熠熠闪光。路上依次等待缓行的开车人在用异常实际的行驶速度告诉每一个外来客，这座城市的人并非比柏林人更懂得遵守秩序，或比伦敦人更爱排队，他们只是被迫习惯了这里交通的汹涌，即便是晚上十点的东三环。

总有一个时刻，你眼里的人生会变成一场马拉松，所有人都拼尽全力冲向终点，不会有人和你始终在同一个节奏里，总会超越你或者被你超越，你在不同的路程中相遇或告别不同的人，然后继续按照自己的节奏向前，独自体验坚持的痛和过程的艰辛。

我沿着公交车的路线，向家的方向走去，想着走累了或许就能走过这些拥堵的区域了。北京的公交车站间距并不长，我就这样路过一个个狭小而拥挤的站台，看着不同的人从不同的地方聚集到车站、挤上车，公交车开出站台迅速被路上的各种车辆包围，然后在同一条路上一起寸步而行。我不想挤在公交车里，与邻近疲累的表情相对，也不想在路边傻傻站着被别人抢走一辆辆出租车然后堵在行车道上。

人生完全也可以不是一场马拉松，即使你已经跑上赛道，还是可以放弃、退赛，然后去寻找自己的梦想，不再和任何人比较，不再奔向别人的终点。因为每个人不同，这世界才成为了世界，就像我的三个朋友。

伊安白

如果你是在2010年以后来到北京的，如果你刚好也是一个普通的小职员，如果你不是富二代官三代，可能你现在还在抱怨这座城市房价太高，抱怨租房给你的大婶每年没良心地涨价一次，可能每天挤在上下班漫长的路上，也有过长达一站地的绝望，看看周围的人也在被每天的交通烦扰着所有的梦。别在意，这很正常，大多数留在大城市发展打拼的人，都要面对这些问题，住房、交通、物价、空气以及人与人之间的情感。

说起来，大白没什么特别，却有着让人非常羡慕的生活方式。在北京很多年了，他和这个城市中的很多年轻人一样，朝九晚五在职场打拼，只是在时间管理上可能比别人稍微多点优势，还有就是心态很好。

大白住在二环路的里边，房子应该是建造于1980年前后的，典型的老楼，楼下就是车水马龙的东北二环，要走过很长一段走廊，经过各个邻居家的厨房之后才能到家。楼道里满是各家的生活琐碎，很像《一地鸡毛》的拍摄现场。

打开窗，隐约会闻到从雍和宫飘来的香火味，绝对寸土寸金的地界儿，羡煞旁人。大白在这里住了很多年了，慢慢地把这老房子收拾得像模像样，细节里充满了家的味道。平日的早上，大白在家吃过早餐，收拾好不急不慌地下楼，走路用不了一分钟就能钻进二号环线地铁，到建国门和来自五湖四海的兄弟姐妹们在一号线上拥挤两站就到国贸了，然后步行到公司。

又是一个周日的下午，走在北京中轴线地安门大街上，估计你会被一种夹杂在老北京城市中的杂乱气质晃晕，公交车、私家车、出租车，旅游大巴和助力三轮，就像这城市中心区挤出的一栋栋高楼，拥挤着，混行在并不宽敞的街道上。车流里不断有人晃进晃出，穿棉睡衣的本地阿姨和刚下大巴的外来游客上下打量着对方，彼此互为风景，世界瞬间变得没那么枯燥了。运气好的话，你还可以赶上空气污染指数爆表的重度雾霾，那样的情境中，这里的不真实感会更加真实。已近六百岁的时间管理机构——钟鼓楼，就在百米开外的地方静默凝视着眼前的一切，毫不动容，拥挤或嘈杂中的喜怒伤悲都随着时间一秒一秒悄然流逝。

如果你不跟随众人错乱的脚步，而是选择停下来，闭上眼睛，仔细听一听，或许你可以在众多声响中辨别出一种简单又充满律动的节奏。试着让自己安静下来，跟随这个节奏，循声而去，一点点靠近，再靠近一点，睁开眼，你会发现自己已经置身于后海东河沿，仅是十几米相隔，一动一静各自从容。

冻得伸不出手的日子刚过，远处的后海冰场渐渐消融，春泥泛滥，仔细看柳梢头，会有那么一点点正恣意放肆的春意。近处，一队人环绕而坐，一人持一鼓，拍击起落，铿锵有力。大白就站在环队的另一边，以一种不同的鼓点引领着众人手中非洲鼓的节奏。如果你细心观察，击鼓者的表情也略有不同，有些人认真中带着紧张，生怕下一秒的丝毫差池被人当成南郭先生。有的人面带微笑，轻松自在，投入地在节奏里享受，仿佛生下来血液中就有非洲草原的节奏基因。大白，一边用手敲打着身前的非洲鼓，一边观察着对面人的状态和节奏，面若春风。

北京的包容性就在这里，可以很古老也可以很现代，可以很喧嚣也可以很寂寞，精英草根共处一城，相互依赖共生共存。大白所在的公司在中央商务区的核心位置，同样是巨头林立白领扎堆儿，租金昂贵到让老外咋舌的所在。他喜欢这样的生活，既有城市时空的穿越感，时间和交通成本又都是可控的，这样的方式让他更充分地感受着真实的北京生活。

认识大白的时候他还不叫大白，高中男生，像从《灌篮高手》里走出来的男孩，喜欢打篮球和偷偷耍酷。个人标配是书包、篮球和掌上游戏机，周末经常在离家最近的 KFC 消耗掉整个下午，吃东西、写作业、打游戏，然后去打篮球。常有邻桌的女生暗自花痴，或和同伴窃窃议论。那时我猜想，他应该是个不安分分子，会去海外留学之类的吧。没想到大学毕业之后，他进了一家北京的保险公司，有了一个英文名字 Ian，伊安，然后似乎是死心塌地地过起了 CBD 普通小白领的日子，一晃十年，至今尚未更换工作，和我的预想全然不同。

每到周日下午，后海东岸，大白总是和这一群人聚合于此，不用联络不必邀约，一切都自然而然，也常常有一些路人围观驻足或加入到队伍中间，曾经互不相识，不觉间，他们将迎来在这里度过的第七个春天。作为这支自发形成的非洲鼓队的早期成员，大白早已把这里当作了自己的另一个家。

大白公司的衣柜里总放着一套统一的制服西装，他又自备了一套风格相近的西装，工作外出或出差时基本是西装革履的样子，那是他的工作常态，似乎在时刻暗示人生已经进入了另一个波段。下班之后换回生活装，摆明了将工作和生活区别对待，他很享受在两种身份之间转换的状态。

有段时间是大白学打非洲鼓的热情高涨期，鼓像是他不可久离的恋人如影随形，甚至公司派他出差时，他都会带上鼓。他甚至不会放过任何一个练习的时间，就算在偌大的机场候机大厅，就算西装革履，就算有人驻足围观，他也会旁若无人地打起鼓来，似乎只要鼓声响起，他就可以被引领着进入另一个早已熟知的世界，专注而放松。

在北京的生活已经进入第十一个年头的大白，尚未拥有旁人一心追逐的车子或房子，没有了现实的压力，生活反而变得轻松有趣起来。几年前，房子续租的时候，他和常年在美国的房东商量了一下，自己出资装修了一直租住的房子，房租不变。两室一厅的老房子，在他的整修之下焕然一新，他甚至还特意留了一扇之前房子的门，作为老房子的纪念。如今的房子里，有他从不同的地方收集来的非洲鼓，大小不一、各具特色，有他和妻子每次出游的旅行纪念品和照片，还有各种能发出奇异声响的小乐器和他们收留的流浪猫。

大白的妻子，小米，是一起在后海打非洲鼓认识的，从恋爱到结婚，两人的状态似乎一直都没有改变过，平日上班周末打鼓，每年一起去不同的地方旅行。这是他们很享受的生活状态，在他们看来，有很多比车、房更让他们在意的事情，把租来的房子装扮成自己想象中家的样子，乐业而居。

北京，是一座承载着很多人梦想的城市，无数人想要在这座城里寻找机会干一番大事业，想要在这里证明自己。而对于大白来说，他似乎没有蓬勃的野心和无穷尽的欲望，有一份稳定而踏实的工作，有工作之外的爱好和乐趣，有家有爱有朋友，这就是生活。

艾院长

在北京有一套属于自己的房子或许是很多人的梦想，在大城市有车有房或许早已成为人们评判事业有成、生活稳定的最低标准。很多文艺青年都曾梦想着开一家有意思的书店或一家小小的咖啡馆，但真正付诸行动的人却寥寥。

“对于你来说是生命之源的东西，可能只是别人眼中的马桶套。”已经习惯了为难自己的人，往往没有发现世间的成功或幸福都是因标准而

定的，都是相对而言、因人而异的——你定义的成功并不是他想要的成功，你给的幸福对她可能毫无意义。在鱼和熊掌无法兼得的世界，很幸运总能遇到这样一些人，在他们眼中，成功诚可贵，幸福价更高，若为自由故，两者皆可抛。

热闹的东四北大街上，当年喧闹的隆福寺后面，钱粮胡同实在是太安静了，太没有名气了。没有官邸豪宅，没有名人故居，因为早年间是官府发放薪饷的地方，所以叫了这个名字。太久没有去钱粮胡同了，以前倒三四趟车都觉得没什么，现在地铁撒哈拉金色六号线开通了，反而再没去过。第一次去是什么时候呢？准确的时间已经记不清了，恍惚是2007年的样子。

那时候你还能在北京找到更多的“老北京”，那时候的胡同里还有原汁原味的生活。那时候的南锣鼓巷还不是现在的南锣鼓巷，你可以在无人的沙漏咖啡悠闲地喝个沙士过一下午，可以在晚饭后悠闲地散步，绝无吵闹拥挤的小酒馆打扰；那时候的五道营也不是现在的五道营，还没有几家店铺，甚至每次和朋友见面约“五道营”，人家都误以为你是想说“五道口”。

七年前，可想而知那时候的钱粮胡同会有多寂寞，整条胡同除了西头上常年不开门的唱片店和铁皮玩具店，就是三十二号咖啡和驯鹿餐厅相依为命。那时候，“三十二号”只是一家小到不起眼的咖啡馆，还不叫“钱粮美树馆”，就叫“钱粮胡同三十二号”，名字简单直接，自信里透着些许骄傲。

正是这样的“百姓人家”，反而淡雅脱俗刚刚好。后来胡同里又来了餐饮大户、支柱产业——西域大盘鸡，巴掌大的小饭馆火到没朋友。请想象这样的场景：几个在三十二号安静地看书喝咖啡的人，突然肚子里“咕噜”一声，想起来有点儿饿，该吃午饭了，马上电话“大盘鸡”要了二十个肉筋、十个肉串儿、仨大腰子，在咖啡馆吃起来……所以说，没朋友一定是有原因的，后来三十二号发布了“禁食令”，于是生客就更少了，但有些熟客会“熟”到上午来中午走，下午再来，更有慕名而来的，先去中国美术馆和三联书店走一遭，最后来三十二号喝个咖啡。经常有些迷路的人经过没有招牌的三十二号，带着探寻又好奇的目光在窗外打量这个有点儿神秘的地方，或者干脆趴在窗户上向内张望。

艾莉早已经习惯了这些目光，不动声色地做着自己的事情，看书或者做设计，丝毫不被打扰。能让艾莉关注的事情也不是没有，比如屋里的柠檬树发了芽，或者阳光大好的时候需要把一些喜阳的植物换个位置，让它们也享受一下。不同的时间，植物需要不同的照顾，需要浇水的、该修剪的、要晒太阳的、必须松土和施肥的，还有那些要换土换盆的大工程。不同的植物也有自己完全不同的习性，所以与植物打交道实在需要有一颗细致而敏感的心，伺候那些常人叫不出名字的植物，并乐于此道，这些事艾莉一直做得很好，像是咖啡馆里的植物学家，做做设计拍拍照片，总有自己要忙的事情，她自称是这座老宅的“御用院长”。

老宅的进门处被艾莉挂了一道浅灰色棉布门帘，到了冬天就换成厚厚的蓝色棉门帘，配搭朱红色的大木门很有气势。以前三十二号的冬天很冷，但常有熟客不请自来地享受这一份清冷，坐什么位置，喝什么茶或咖啡，像是早有剧本，各自忙碌相安无事。印象中，这里从未嘈杂过，除非是闭店关门朋友聚会，大多时候大家会静静地看书或者用电脑处理自己的事务，聒噪者一进门似乎就自动消声了。艾莉常常就夹杂在这一众人中，忙自己的事儿，像旧时的知识分子，朴素淡然。

总是会不经意想起在浓浓的咖啡香里有浅灰色的帷幔在大片纯白色的墙壁间飘逸，记忆也变得断断续续，有些选择留下，有些自然遗忘了。在这里，我忙碌过自己的摄影展览也去看过朋友的展，有几次采访也特意约在三十二号。你会不自觉地习惯这里的舒服和安静，味道甚至温度。

“驯鹿”关门之后，三十二号有过一次扩容和整改，将后院的房间改造成展览空间加工作室的布局，艾莉也留出了一间自己的创作室，有更多植物在从前院到后院必经的小院里繁衍生息，整个院落被一棵大树庇护着，遮阴蔽日，甚是幸福，三十二号至此更名为“钱粮美树馆”。很久之后，听说艾莉为了让美树馆更好地经营下去，卖掉了自己在北京的家。

临近岁末那天，收到艾莉发来的电子卡片，蓝绿色的图案是一只展翅高飞的马，她说，正和绿豆在美树馆印贺卡。那是2013年的最后一天，大街上满是忙碌的人，买新年礼物的、赶去送礼送祝福的，下班急着回家堵在路上的，提前进入元旦状态去郊区休假的，想着晚上去哪里和恋人大餐的……你应该能想象，就在这样略显匆忙和慌乱的时间里，两个女子在胡同深处的钱粮美树馆，裁纸、调颜料，将刻好的木雕模板上色，然后将纸张铺开，一张张印制手工新年贺卡。老房子并不暖和，旁边桌上的茶徐徐冒着热气，她俩穿着厚厚的衣服，偶尔拿起茶杯暖一暖冷冰冰的手……突然觉得，这样的时刻应该早已消失在都市的拥堵和烦躁里，而她们依旧气定神闲地享受在这样充满旧时新年仪式感的情境里，想到这里，心里是温暖的。

一直想找时间再去钱粮美树馆。告别朝九晚五的职场后，“进城”的机会骤减，也就没有刻意去找时间。岁末那天，艾莉在信息里说，刚过去的十一月她已经把店铺关掉了，妥善安置了员工，美树馆变成了纯粹的工作室。本想回复她：歇一下也好。停了半天，最后一个字都没有发出。

心里五味杂陈。但当我想到，在每天行走的城市里，在拥挤向前的人潮里，在指尖滑落的时间里，至少还有一些曾经相遇或素昧平生的人，在以这样的姿态存活着，坚守着，哪怕只是为了心中一个美好的愿望，这就足够了。

小　钟

从钱粮胡同出来，沿着东四北大街一直向北而行，可以路过大白在二环路边的家，再向北，就到了地坛公园南门的星光现场。如果天气晴好路上人又不多，从钱粮一路走到星光是件挺舒服的事儿，因为你能感受到一些相对纯粹的老北京城市景象，也能看到这个城市变迁的些许痕迹，想象着这过程中，人们的生活如何点滴变化，一路“时光漫步”。遗憾的是，这样惬意的散步如今越来越难寻了，甚至需要天时地利人和助一臂之力。

星光现场是北京第一个 Live House 形态的演出场地，因为相对专业的设备和音响效果，很多歌手会选择这里演出。不过，我已经很久没有在星光看演出了。歌手如今可以被分成很多种，

有公司负责打理一切的签约歌手，也有自负盈亏的独立歌手，有如日中天的也有时过境迁的，类别不同导致状态各异，不是每一个以音乐为生命的人都能拥有一张自己的唱片或做一次在星光现场的演出。

第三个朋友，他是歌手，准确地说是唱作人，自己写歌也唱歌，很多人喜欢或者习惯叫他小钟。

因为在广播电台工作的原因，当年结识了很多朋友，其中不少是歌手，没有刻意经营这些关系，在离开广播电台之后，这些朋友大多也就自然而然地消失了。说和小钟是朋友，起初有点儿不习惯，因为见面的次数屈指可数，交情也没有多么深。好几次是我去看他的音乐会，他在台上唱，我在台下听，演出结束也就走了，最多发个短信，鼓励问候一番。这就像有人说他和倪萍是好朋友，只是俩人一直隔着电视荧屏惺惺相惜，你一定觉得这人脑子有问题，是不是朋友傻傻分不清楚。不过，我觉得真的有这样的朋友，没见过几次，但一直彼此觉得是同一类人，不需要朝夕相处，不需要太多交流，但总有一份默契。

很清楚地记得，第一次看小钟的现场是2009年2月的最后一天，北京的朝阳九剧场，舞台背景是几把被高高吊起的椅子。那时，小钟和他的博尔赫斯乐队正在演出一场叫“果实+艳遇”的音乐会。那时，我已经离开了中央人民广播电台，距离小钟带着《在路旁》专辑在广播电台直播间与我聊音乐，差不多过去了三年。

小钟看上去几乎没有任何变化，白衬衫牛仔裤，一贯的行头，唱歌的时候面带羞涩，又伺机宣泄自己对音乐的欲望。很难想象，那是他只身来到北京开始写歌、创作，进入音乐圈的第十五年。一个人，从默默写歌写字，到参加音乐创作大赛拿奖，被音乐圈前辈赏识，无依无靠，跳脱出圈子，去青海牧羊放空一年，再到作品被翻唱成为 KTV 点唱新高，被宋柯纳入旗下成为职业艺人，直至约满离开公司……这么多年，他的状态似乎没有变过，写歌、写字已成为生活中的标配，如果没有一个坚定的内心方向，或许早已迷路了吧。

一个不在主流视野中的创作人，保持最初的创作心态和状态，坚持做自己审美范围和价值观允许范围内的事，并能得到别人的赞扬和期许，并不是每个人都能持而为之的。他像是个“不在圈子里的圈里人”，读书、听音乐、买菜、做饭、写字、排练、散步、写歌、去不同的城市演出，是他生活的常态。偶尔想起有一年在野草莓咖啡馆，走了很远找了很久的后海深处，在簇拥着的小台子上被小钟拉上台，我们一起弹琴唱歌，咫尺之内是一些单纯又炽热的目光。

翻看小钟的书，《在各种悲喜交集处》，他写下了这样一段话：“我时常把歌唱与阅读当作自己的行行复行行，行之又行，即成素履，我愿意通过音乐和阅读使自己获得一份清静自守……好风如水，涤荡心胸，每一个步履，又都流淌着流丽的节奏源泉。”

和小钟并不常见面，这些年的约见几乎是以年计的，一两年见一两面而已。我们都选择在城市边缘居住，没有和城市保持频繁密集的互动关系，也确实是想和城市保持一种疏离的距离。我们住在城市边缘的不同方向上，有次见面后，他说要走路回家，我以为他在开玩笑，要知道这其中的距离是将近二十公里。他却说，其实走路很好，有一段时间他状态不佳，似乎灵感枯竭了，就是在不断的行走中找到了出口。“在走路时可以让自己想清楚很多问题，也可以给自己很多意想不到的灵感，甚至很治愈。”他这样说着，挥着手笑着走远。

“什么是世界上最大的谎言？”《牧羊少年的奇幻之旅》中圣地亚哥好奇地问道，撒冷之王说：“在人生的某个时候，我们失去了对自己生活的掌控，命运主宰了我们的人生，这就是世上最大的谎言。”

一切快都是一种慢，你看到飞机快速飞向远方，飞行中的人却在体验内心等待或恐惧的煎熬。一切失去都是一种获得，即使此刻你的生活再艰难，也总有一天会发现时光荏苒，事过境迁，一切都成为了过去，变成了最为美好的回忆。世间的相对无处不在，就像你觉得别人幸福，只是因为他们活在自己的世界里，拥有自己的人生，就像我这三个朋友。

乘飞机再一次低掠大城市北京的上空，俯瞰这越熟悉越陌生的城市，在一片迷人的夜象光影中，又想起那些朴素的、向心而活的朋友，虽萍水相逢，却相知相惜，他们的存在，也让这座城又多了一份被眷恋的理由。

亲爱的小孩

Text / Photography_ 黄鹭

2013年平安夜，关掉手机在家工作，因为不想把工作带到下一年。事实上，自由职业后，晚上加班的时间比以往多太多了，对于工作，永远觉得做得不够。开机后，接到《我们》MOOK编辑的约稿，很快又通了电话。虽然不擅长文字，但愿意用大白车轱辘话，用最真实的讲述，分享自己的成长故事。

常有人说羡慕我现在的生活和状态，并希望我能给他们提出一些建议，左思右想，本着真诚负责任的态度，我回复他们：请不要问，自己去经历，去寻找，去失败，去读些经典的书籍，经常自我反省。不要随口去问你问得到的人，你可以观察，但所有答案只能通过自己获得。不知道我的回复是否可以被他们理解，反正我自己是这样走到今天，并且会一直这样走下去的。

我本科学习金融专业，毕业到上海工作十年后，在北京转行做了一名自由摄影师。关于转行，必须说明，首先，我不是在金融领域工作得特别好、放弃了很多来转行的；其次，我也不是为了成为一名摄影师而努力了十年；最后，成为摄影师并不是我转行的最大收获。

一

我的大学同学们，现在基本都在金融领域工作，真都干得不错。我没转行之前，特别不爱参加同学聚会，因为自己做得很差，关键是常常不知道也不感兴趣他们的话题。旅行中被陌生人问到“做什么行业”，每次说出“金融”，都有种浑身不适感，觉得是在骗人，或者是骗自己。

金融专业是当年父母给选的，1997年考大学，金融是最热门的，同学们如今的发展情况也以事实证明，这个专业确实不错，但它就是不适合我。大学时，我就不在状态，虽然高考数学分不低，但其实我喜欢的是几何，几何上比较厉害，我喜欢闭上眼睛想象空间关系。大学里的课程，高等数学、统计学等等，以数字为主的逻辑，我完全是晕的，根本无法把心放进去。而且身为团支部书记，明显不会圆滑世故那一套，最上心的事情就是组织班级活动，去旅行，泡在语音室里，看电影，这种状态一直持续到工作后。

毕业后第一份工作是在上海一家大型国有保险公司，因为形象还不错，看着也挺灵的，公司内部又有介绍人，一直很受领导重视。年轻的我盲目乐观地想：运气不错，好好做吧！但，很快，一切跟数字有关的工作都让我抓狂，更重要的是，现实与内心那并不明确的理想，或者说，与真实的自我开始不断冲突。公司对外说“重服务”，对内则只看业绩，我不是业务人员，但听到同事们整天嘴上说的都是与钱挂钩的事，领导们个个特别把自己当回事儿。我的部门每次换领导都要上马一个新项目，不管之前的项目做到什么程度，不惜重新开始，浪费各种资源。最看不惯的是中层领导的欺下媚上，前一个电话跟最辛苦的低层业务员“捣糨糊”，不办实事，后一个电话就跟上级领导嗲言嗲语，阿谀奉承。有一次，坐在旁边的我在听到这样的电话时，生理上竟有了作呕的反应。于是，在公司里，基本上我不会主动和领导们说话，知道领导要从左边过来，就一定绕开，选择走右边。我时常想，难道以后就要像他们一样吗？那似乎是在这个公司“最理想”的状态。

跟我同时进公司的女孩儿结婚了，老公很有钱，午饭后她在办公室里兴致勃勃地聊着自己的房子车子，本来我就听着很烦，这时另一个同事突然问我，人家都有房有车了，你有什么？我想都没想，回她说：我有希望。是的，我没有说我“有理想”，因为那时我也不知道自己的理想是什么，甚至今天我也不是个有理想的人，但我就是觉得，只关注车子房子的生活，是没有希望的，而我有。

工作的那段时间，我会花很多时间在上下班路上，早上和傍晚走过外白渡桥，那时的外白渡桥边还有很多海鸥飞翔。周末就去图书馆看杂志，或者去看看各种展览。那时去莫干山五十号还要走过乌漆抹黑的街道，通往展厅的电梯跟运面粉的车一起上下……我也看一些书和看很多电影。最重要的，我开始一个人旅行。

江南走了走之后，我去了高原，2002年的四川稻城亚丁行，对我影响巨大，是自我成长路上响起发令枪的一刻。高原的天地和神山圣湖从空间上时间上，都让我深深体会到人的渺小，心打开了的同时，也开始隐隐觉得，自我虽小又存在短暂，更要好好珍惜。

虽然发令枪响了，但自我成长的跑道上，总是难免有跌倒爬起。一次次雄心之后的挣扎、迷茫、

bTwin

纠结、妥协、气馁、质疑、无助……但又不甘心就此放弃自己，于是再次奋起，如此反复，再反复……所有这些都是在 2011 年转行前的十年最真实的情绪。

稻城亚丁行的一年多之后，我辞去了那个国企的工作。家人很生气，我甚至没和介绍人打个招呼，唯一有点儿舍不得的是一两个不势利、认真工作的同事，和一天可以吃三顿饭的大食堂。

辞去国企工作时，我并没有明确的未来方向。曾经想转行做广告，做需要创造力的行业，但强势的父母在我春节回家的时候警告我说："你学了金融，就要一辈子做金融，如果你转行，就……"我们这一代人，很少得到父母的鼓励，又不允许有失败，所以很难去走与众不同、与家人期望相悖的路，纵使内心在现实生活中百般拧巴，知道要"自己去决定自己的生活"，也常和父母争执，想"活出自我"，但真要不顾他们的意愿，放胆走自己的路，每一步都不容易。必须经历一个过程，不断去更深刻地认识自己，找到自己，明确自己。

在金融领域又混了数年，每天在走进写字楼时，都感到自己不属于那里。经常一个假期过去，就忘记公司是在几楼。曾几番辞职，也做了很多想寻找自心但又有些盲目的选择。这期间在职读了公共事务管理的硕士（MPA)，那个阶段特别想去非政府组织工作，查到国外很多非政府组织的工作人员都是读过 MPA 的，就报了国内该专业所谓排名最好的学校。但实际情况是，我的同学全部是公务员，全班就我一个自费生，全部课程只有一门选修课和非政府组织有关……但我还是把课程读完了，也参与了一个非政府组织的工作并写了毕业论文，但毕业后，由于各种原因，并没有进入一个正式的非政府组织工作，依然在金融领域身心不投入地晃荡。

羡慕过一些机遇好的同龄人，也曾反省"一切都是自己的问题"，有想过抓住几个在专业内可以成就自己的机会，但每每真的靠近，内心又本能地排斥。有过一段没有走到最后的感情，在这段感情中，经历了所有情感关系中糟糕的事情：猜疑，没有自我，妥协，忍让，失去对人的信任……

好在，除了纠结在现实中，我一直在旅行，在读书，在无意识地自省。在因情感伤害对人的信任度降到很低的时候，我一个人去了泰国，没做任何攻略，甚至住处也没订。旅途中，我接受了许多陌生人的帮助。去华欣的大巴上认识的女士，说她退休了很空闲，下了大巴后开车带我找到海边旅馆，第二天又开车载我去玩。在大城，我甚至住在大巴上认识的 P 女士家里。P 女士的家特别简单，白天是客厅，晚上铺上褥子就睡觉，洗澡是用存在大缸里的水往身上浇。她坚持不收我钱，还要请我吃饭。矫情一点儿说，她仿佛是上天派来的天使。走在黄昏的田野边，我们用简单的英文对话，她一遍又一遍问我："你快乐吗，鹭？”“嗯，很快乐！”她认真地看着我说：“鹭，你快乐，我也快乐。”这次旅行让我找回特别多的简单的爱与信任。

不旅行的时候，我常常看书，看得最多的是经典小说、人物传记和心灵成长方面的书。有很长一段时间，在看克里希那穆提的书，他的一句话——“观者，即被观者”时时被我想起，在内心遇到问题时，在内心寻找平静时。2008 年读了《正见》，那是我最痛苦挣扎的阶段，每天脑子里充满疑问：纠结的感情和工作中那些痛苦究竟来自何处？是我的问题还是他们的问题……在那一年，多年无意识的自省开始让一直以来寻找的答案渐渐清晰。

那年夏天我去了西藏，在大昭寺，在珠峰，在纳木错，每一次虔诚跪拜都不为祈求事业顺利、感情和谐，只有一个愿望——自己可以真的成长，获得智慧和力量。是的，我开始关注真正的自己，真实面对自己的每一部分，于是我看清自己遭遇的欺骗，经历的妥协、伤害、迷惘，正源于自己的虚妄、逃避和不自信（和讨好家人）；也看到自己遇到的善意、得到的信任、取得的进步，是因为我仍保有的简单、真诚和好奇心。带着对自己不断加深的认识，人生，勇敢地走到最低谷，三十三岁，恢复单身；事业上、经济上都没有太多积累，想出国留学被两次拒签，我来到一个新的城市，北京。一年后，辞职转行。

所以说，我不是在金融领域前途大好、放弃了很多来转行的，我什么都没有放弃，因为在那个领域，没有什么真的让我想去为之努力的。辞职，我只是捡起了自己。

二

转行成为一名摄影师，是辞职那年的春节做的决定。春节时，母亲总想让我承认自己这十年是失败的。我心情糟糕沉默不语，闷在房间里整理过去几年拍摄的照片，一边整理一边意识到自己最擅长、关键是最喜欢的事，就是拍照片。我清楚记得，一个人去颐和园拍照，忘我地观察四季中不同时间的光线变化，柳树的嫩芽，繁开的春桃，特别爱冬天的树枝，没有了叶子的装扮，每棵大树都显露出自己的风骨，傍晚鸟群归巢，在清冷的空气里，不留痕迹……有很多张照片，回看时我都不确定那是自己拍的，而每每有这样一次拍摄之后，就会感到浑身轻盈，新鲜，有动力。我想，那一刻，一定是自己和宇宙中主宰我的那个星球连接在一起了，我获得了专属于我的最原始的能量。

那年春节后，我把转行计划告诉了最好的朋友。她说：去做吧，不用担心，有我们呢。另外有个朋友，在我最困难的时候，把房子几乎是白住一样租给我，当我转行后带着压岁钱去看她儿

子的时候，她为我高兴得流泪。朋友，是我过去十年积累的最大财富。总之，下决心转行成为摄影师之后，虽然没有立刻“见成效”，但一切都变得简单，充满惊喜。

关于摄影，我也和很多人一样，做过多年发烧友，没事儿就去浦东图书馆看各种摄影杂志，每天刷蜂鸟论坛，很少问问题，有问题就去找有谁在论坛上问过，我去看答案。对于喜欢的摄影师，不但看他发的全部东西，也会去看他给其他人的回复。买了二手单反相机，虽然资金有限，器材非常不高级，但也拎着脚架，很严肃地去拍摄。一有时间，假期或者辞职，就去旅行拍摄，把旅费降到很低，带很多反转片上路，经常一趟旅行拍摄回到上海，连冲胶卷的钱都没了。

最初几年，如果旅行没有遇到所谓的“好天气”，拍不出所谓的“大片儿”，会觉得这一趟白走了。我想，这种心态就和当时在上海的整体状态一样——没有真正找到心里想要的东西，却老在追求表面的成效。在虚荣心和急着证明自己的浮躁下，无论生活还是创作，都不可能有真实的收获。

随着内心的成熟，摄影渐渐不再是自己用来炫耀给别人看的爱好，在拍摄心态上，从祈祷好天气变成不管什么天气都去观察、去拍摄，在摄影主题上，也从风光摄影转向关注人文纪实。

我没有专业学习过摄影，在视觉素养上，帮助最大的就是大学开始喜欢看电影，工作后也常一整天拉起窗帘看电影。上海电影节时我会请假看一天电影，为了省下路费，交通经常靠走，有一天在徐家汇看完电影已经没有地铁，于是坐公交车换公交车再坐摆渡船再坐公交车，到浦东台儿庄路的家，已经快两点了。这些在当时来说都是特别不积极、不靠谱的事情，尤其是当我妈周末又打来电话，问我看什么书、什么电视剧的时候……

好电影用光讲究，镜头语言或表达心底情绪，或交代环境背景、人物关系，绝不空洞无物。所以当有人问我怎样提高摄影技术时，我会告诉他们：去看经典电影，真的很有效。除了电影，我还喜欢看纪录片，很多纪录片的摄影非常值得学习，而且大多只用自然光。我是只用自然光拍摄的，我也几乎只用35毫米的定焦镜头，喜欢离人近距离拍摄。35定焦头，近可拍有情绪的肖像，远可记录带环境、有故事的瞬间。我很认同一位纪录片导演的分享，他说：“在被拍摄者1.5米的距离内，他们会把摄影师当成自己人，在自己的气场氛围内，更自然放松，更真实。”

美国女摄影师戴安·阿勃丝的传记《荒谬的真实》对我影响很大，这本传记我看了数遍。据说很多人排斥她的作品，认为她放大人类卑下、丑陋、阴暗的一面，难以接受。也有人说她拍摄边缘人、畸形人，是一种不道德，在展览上向她的作品吐口水。我的感受恰恰相反，那些作品明

明表现出摄影师对被拍摄者的尊重，她欣赏他们，甚至是崇拜的，因为那些是无法抗拒的——真实。

从摄影爱好者到成为摄影师，我走了十年。其间也曾和同为摄影爱好者的朋友组建过工作室，周末接拍一些女孩儿。一位上司曾说我拍照时的状态和做其他事时完全不同，但由于各种原因，我并没有坚定地坚持下去，所以我说，我并不是有明确理想的人。

虽然不明确理想具体是什么，但在迷失自己的现实生活中，我始终没有放弃自己，没有彻底妥协，直到第十年，在人生最低点，当我听从心底最让我觉得甘甜的声音，才认定，摄影是我天生该去做的事情，从此简单专注。

三

三十三岁辞职转行，成为现在这样以记录儿童家庭生活为主的摄影师。我总跟人说，转行得正是时候，一点儿不晚。过去十年里，见识过光环下的真实面目，也看到平凡生活中微小但宝贵的闪光品质；经历过最糟糕的状态，也收获了朋友们无私有力的支持；自我的成长也进入了新阶段，有能力和勇气去面对困难，又仍怀有赤子之心不断去探索。于是，我以一种近乎无欲无求的状态，完全享受在工作中，珍惜所有拍摄的缘分，除了完成记录和创作，对我来说，更多的收获是学习、思考和一步步找回自己。

陪伴孩子长大是家长又一次成长的机会，我在还没有成为家长的时候，有幸通过长期接触小朋友，甚至是从出生开始的跟拍，提早经历了这样的成长。我喜欢在镜头后面默默地观察孩子充满好奇、渴望探索、想独立又想在家长那里寻找安全感的动作、表情。他们投入地挖沙，沉浸在自己的小世界里。他们拔腿就跑，一刻不停。他们不高兴就哭，转眼间就笑，前一秒和小伙伴抢吃的，后一秒又一起玩儿玩具。他们特别活在当下，他们悄悄地影响了我的生活，让我越来越可以“简单地开心”，几乎不再有纠结的事情。最最着迷的是拍孩子们早上起床的时候，三岁以下的宝宝，睡饱了早上一醒来就会无来由地笑，那笑仿佛是穿越了宇宙时空的最初、最赤纯的光，一瞬间，我的心就好像被阳光暖暖地照着，充满能量；三岁以上的宝宝，会和妈妈腻一会儿，就是不肯起，这段小时光同样满溢着爱，此刻她们身边的我，心中总是幸福感和安全感暴增。所以，我会很早去客户家，守候孩子们起床的这一刻，受到孩子们的影响，在不需要工作的日子，我起床后不再匆忙去做事情，而是慢慢地浇花，静静地观察植物，跟它们说：“好爱你，哇，你们好棒啊！”发自内心地说，心里美美地说。

拍摄“亲爱的小孩”，也让我有机会观察不同家庭的儿童教育方式，引发了很多思考。这些思考可能还不够成熟，但它们已对我产生积极作用。比如，很多家长在学习“无条件养育”，我观察这些家庭，也读相关的书，想到自己的童年，我们这一代，从小背负着家长或多或少、或直白或隐藏的期许，父母常对孩子进行评判奖惩，孩子总是会去讨好父母，这样教育之下的我们，普遍缺乏自信，不够爱自己。当我明白，那一年我因打碎碗而被父亲当众责骂，并不是小小的我的错误时，我真的流泪了——三十年后的解脱！过去做事，因为知道自己不是特别谨慎的人，常常神经紧张怕出什么问题，其实一切问题都可以解决，甚至大部分都算不上是什么问题。以往弄丢公交卡，我也会责备自己很多天。现在，我怀着“无条件养育”的心情，把自己当孩子，再养育一遍，不以是否获得别人的认可来肯定自己，原谅自己偶尔犯的糊涂，真实又松弛地面对事情，这样去做后，身心感到通透许多。解脱了自己的同时，也释怀了内心对父母的芥蒂，因为明白他们待人处事、教育孩子的方式，也是受到当时的社会教育和父母生活经历的影响，一代又一代，我能做的，是对自己的今天负责。

在工作中，我常和家长们交流，特别是妈妈们，现在这一代妈妈们真的很棒、很不容易。在教育思维上，她们认识到上一代的很多方式不可借鉴，没有现成的经验和方法可以拿来用，她们就通过自我成长先来打开自己，同时努力去冲破传统教育的束缚。

每个成人的生活经历都不相同，通过养育孩子而获得的个人成长也各有不同。有的妈妈过去是女强人，什么都要讲效率，做妈妈后她们不得不慢下来，从而体会到慢生活的美；有的妈妈本来很有洁癖，孩子让她们的底线一再降低，最后发现少了对细节的过分关注，人也少了很多焦虑；最多的改变，是妈妈们因为养娃，开始回归厨房，对家庭来说，这真是最大的福利，孩子吃到健康的食品，爸爸感受到更多的家庭温暖，妈妈本人也获得了更大的满足感。长期进入家庭拍摄，我总结出一个规律：幸福指数高的家庭，大部分是自己在家做饭的。

到家里拍摄的儿童摄影师有很多，我拍摄的明显特点和优势是——最大可能地尊重和还原真实，而且越来越坚定这样的方式，真实最有价值。一个十岁男孩的爸爸看到照片里真实记录下的他对孩子始终板起的脸，开始反省自己的教育方式，下决心要改变。一位一儿一女的全职妈妈，看到照片里孩子们健康快乐的情绪，感动地告诉我：“原本都有些麻木了，现在心里又充满爱了。”另一位一儿一女的非全职妈妈，在拍摄后自省说：“很久没有陪孩子们一整天了，感到他们特别需要陪伴。”还有一次拍摄之后，我和孩子妈妈一起反思，六岁的小姑娘对每一项安排都很抵触，平时也是这样过周末的呀，怎么就闹起了脾气……

交流中，这位妈妈通过参与拍摄发现了家里的一些问题，比如和爸爸的沟通，以及不能以自己的喜好安排孩子的每一天。我也从中吸取教训，当孩子家长问我拍摄要做什么准备时，过去我只说：不用任何准备，过普通的一天，安排稍微丰富一些。现在我会郑重地加上一条：请跟孩子商量和确认一天的安排。并建议家长，抛开拍照的事情，平时有任何安排都要让孩子知道，和孩子有关的事，就需要得到他们的认可。我加上这条之后，有个两岁男孩的妈妈回复说：“我儿子才两岁，有必要吗？”我坚持请她和孩子确认，后来男孩妈妈说：“跟儿子商量时，他真的认真又愉快。”我想我的坚持是对的……

特别感谢我遇到的很多家庭，他们接受我的拍摄方式，特别是成年人，抛开社会身份、职位地位回归到日常生活中，在镜头前和孩子相对真实地一起度过一天。拍摄中最棒的时刻，是家长投入地与孩子亲昵、玩耍或战斗，完全忘掉我的

存在，我被他们感染着，也忘记了自己的存在，忘记了我是按下快门的人。

一次次拍摄也在改变和更新着我的认知。说两个故事吧，我拍过几个双鱼座妈妈，她们普遍很晕乎，没有严格的条条框框，有时的感觉就是“搞不定”……呵呵，起初我心里都会暗暗想，这样也可以吗？事实证明，不仅可以，而且特别棒，有几个我从小宝宝开始连续跟拍的孩子，随着年龄的增长，性格越发明朗大方，而且非常独立。于是我发现，不那么事无巨细地养孩子，时常跟孩子示弱、发嗲，告诉他们，妈妈好累啊，妈妈也不知道啊，你来帮帮妈妈吧……这样非常好呢！有一个家庭我拍了三次，前面两次孩子爸爸都给我留下了不佳印象，觉得他特别不愿意参与家庭生活，第三次拍摄时，孩子妈妈让爸爸像平时那样跟孩子玩儿，爸爸很勉强地“配合”了一下，后来孩子妈妈说，他平时跟儿子玩得可好了，但他就是不会表达、不懂表现。她的话提醒了我，我们常常只根据自己看到的某一个瞬间去判断一个人，这是非常狭隘局限的，就像经常听人跟我说谁谁家孩子特别淘气，谁谁家孩子特别乖……因为常和孩子们待一整天，我相信这样说的人只是看到了孩子生活中的一个片段。每个孩子都特别不同，同一个孩子在不同情绪状态下也完全不同。所以，不要轻易去评判孩子，同样，也不能这样去评判任何人。

过去，我常常会去追求一种“什么”，快乐也好，某种深刻的情绪也罢，那时我不快乐，也觉得生活不那么顺畅。现在，我没有特别去追求什么，但总有一种平淡喜悦的快乐感，也常觉得有很正面的情绪。2013年夏天，去西藏阿里转山，我以很慢的步调完成了行走。找到适合自己的节奏，就不要急，不和别人比。我走得真的很慢，但我没有停过，我的身心在感受与神山相伴的行走，我和对面来的转山人微笑，打招呼，对视，他们坚定明亮的眼神让我感动到流泪。我完成了我自己的转山，我是队伍里最晚一个到的，但满心喜悦，满满的。转山的第二天，早上四点出发爬坡，快到山顶时，正赶上冈仁波齐的日出，在神山面前，我喜极而泣，泣不成声，与2008年那次转山不同，这一次清楚感觉到，这是无来由的、单纯的、通透的泪，心里念着：太美了太幸福了，我什么都不求什么都不求。

第一次把近十几年来自己的迷惑、失败、成长和收获，这样真实地写出来，非常的个人，但也一定有同龄人群的共性。虽然我转行时间不算长，两年半，但我常觉得自己已经幸福很久了，那些漫长的、失去自我的日子，已经变成如今珍爱生活的动力和养料，助推我慢慢找到并不断扩充自身核心的能量，不断地成长。

请不要急，更请不要放弃。

Wat Tam Wua

Text / Photography_ 谈笑静

Wat Tam Wua

直到如今，听到俄罗斯音乐家Arvo Pärt（阿沃·帕特）的作品*Für Alina*（《致阿丽娜》），浮于脑际的，仍然是那座泰国森林寺庙：Wat Tam Wua。因为这首只有不到十个小节、简单重复的曲调，是我在寺庙客居的一个月间、每日午后清扫庭院时用MP3所听的唯一音乐。

当日，我之所以会寄身于这样一座森林寺院，与其说为了求取禅法，不如说是为了一种当时隐秘而蠢动、事后才得以领悟的启思，而这一切必须发生于此——一个全然开放的极简之地。

阿姜龙达

初次见到阿姜[1]龙达，是遥遥的隔溪相望。彼时的他正在禅堂外扫地，身材矮小却健硕，专注如同勤勉的农人，四下只有他一人。当我穿过那座结实而简朴的木桥，向他走近，合十、问讯，他停了下来，手里握着笤帚向我点头微笑，仿佛见到熟悉的邻人。

"请问，寺庙的住持在哪里？"

"我就是。"

他把我请进了没有围墙、如凉棚般的禅堂。

我在顶礼后向阿姜道明来意：希望能在此地客居一月，向僧侣习禅。阿姜龙达只问了我从何而来，却未问及我是否是佛教徒、有何佛法基础、师从什么传承，就一口答应让我住下，并马上命人为我安排房间。当时我想，定是因为这位阿姜的英文不灵光，所以少言寡语罢。

---

[1] 阿姜，泰语: อาจารย์，来自于泰文的一个佛教术语，意思是老师。它起源于巴利文的阿阇黎（ācariya），是用来表示尊敬的名词。它可以用于学校之中，也可以被用来尊称出家超过十年以上的佛教僧侣。

森林札记 # 二月二日，霾。
含羞草都开花了，你的心还闭而不开吗？

一个月下来，才渐渐知道，阿姜龙达其实健谈，只是他当初创建此寺，就是为了广为接引一切来者，所以不问过往，有教无类。

“那年我才二十出头，陪同村的朋友到寺庙参加了一个内观禅修课程。那是我的第一次禅修，结束之后，我觉得回味无穷，你了解吗？就好像是吃到了一种很好吃的食物，一勺子不够，你还想再吃一勺子，再吃一勺子。所以我跟母亲说，我要在寺院再住三个月。母亲倒是不反对，那时候家里头已经为我觅好了亲事，我的母亲就对我说，好好好，三个月之后回来，就该准备成亲的事了。

“结果三个月过去了，我再也不想回到家中，就这样，我跑了，跟着师父出家去了。

“跟随师父学法，一学就是十年，十年来我都没有回过家，也没有跟家里有任何的联系。直到一天师父说，你可以离开了。我便依照泰国森林僧侣的传统，开始了长达二十年的行脚——赤脚，走遍泰国的每一个地方，择林而居。刚开始行脚的时候，我路过了自己的故乡。那天早晨，我到村中托钵化食，远远地见到我的母亲跪在那里，手捧斋饭等待僧侣前来受供。我慢慢地低头走过去，母亲抬起头来看到了我，她呆呆地盯着我，没有出声，许久之后，说出一句话：‘你不

是死了吗？'

“他们把我迎回家中，来了很多亲戚与旧时的朋友，大家知道我没死而是出家去了，都很高兴。只有一个人，一进门就哭了起来，红着眼睛对我说：‘我就是当年你的未婚妻啊，你怎么丢下我就跑了呢！’仔细看看，她还是长得很漂亮的，可是没办法，那时候一心只想着出家禅修。

“行脚的时候经常会遇到蛇，被蛇追着我们跑啊，跑出去很远才能把蛇甩掉！还有一次在山洞里坐禅，喏，就是你们每天在山上行禅都会经过的那个山洞，突然觉得手臂凉凉的，睁开眼睛一看，一条眼镜蛇已经盘着手臂挺了上来，蛇头正对着我的脸，吐着信子。我心里怕啊，可是怕也不能动呀，我就看着它，心里不停地念叨：我爱你啊，我爱你啊，请你不要伤害我，我爱你啊……幸好最后蛇软了下来，顺着胳膊爬走了。哎，也许是因为我属蛇吧，所以总是会遇到蛇。

“老虎只遇到过两次，远远地，我对它说，我是吃素的，我的肉一点儿也不好吃，请你放过我吧！我的师父厉害，他的慈心修得好，遇到老虎，只要他的眼神一接触到老虎的双眼，老虎马上就温顺了，变得像猫一样；遇到眼镜蛇，他只要看着蛇的眼睛，蛇就软软地趴在地上了。这都是因为慈心。

“行脚的期间，我有七年是不躺下来的，依照传统而修不倒丹。饭倒是可以吃，只是有时候去到偏僻的地方，未必能化到食，那就只好回到森林里找些野果子吃，多喝点儿溪水就是了。

“现在这个地方，也是我在行脚的时候经过的，不知道因为什么，来了，就再也不想走了，我决定在这里修一座寺庙。给政府写信，陈述了我的心愿，政府就把这个山谷无偿供养了出来。可是所有的建设都要我一个人来做，刚来的时候，这里全是野树林和荒草地，蛇特别多。十年了，才有了现在的这个样子。现在寺院里有三位常住僧人，我，八十多岁的老和尚，和一位九十多岁的十戒女。

“谁都能来，佛教徒，非佛教徒，东方人，西方人，南传的，汉传的，藏传的，没关系。俗人来了有宿舍，僧人来了有僧房，住一天也可以，住三个月也可以。不过来了，就要参加寺院的共修，不能整天待在自己的房间里，不能抽烟，不能喝酒，不能整天跟人聊天。”

一个月已经接近尾声的那一个静谧的午后，我从禅堂缺席，找到了独自在寺中巡视的住持阿姜龙达，他却没有对我加以责备，反而接纳了我的种种好奇问询，细诉往事，无遮直陈。

舍六亲而叛走，二十载独游方；以密林深山为寄，与野兽毒虫为伴。四十年的浸淫与改变，考验与超越，在阿姜龙达的口中淡然道出，竟像是一场隔世的幻事，无有悲欢，无有炫耀，亦无有疑悔。

而这种淡然，正是当时的我，需要寻求印证的。

不觉间，我已在寻求觉醒的路上摸索了十年，不长亦不短，已不再对自己的“佛教徒”新身份兴奋莫名，不再灵光乍现，不再狂喜不已。此时，我正需要问一问自己：你有没有勇气走出学佛的蜜月期，开始与佛法“过日子”——将佛法变成活法，以平常心，修一切善。

当我与阿姜龙达相处近一个月之后，心中生出了些许信心：看呐，这就是过来人，他的选择与坚持，并不来自于宗教狂热，因为没有任何一种狂热可以如此绵延，又如此静定。而平淡也并非退转，正如用力并不一定有力。平淡清和的背后，正是笃实与坚稳。

只是，何以获得这一份笃实呢？何以剥开自我制造的种种虚幻情绪，抵达如如不动的初心？在阿姜龙达所创建的这所森林寺庙短暂林居的日子，虽然未能有所定论，但也给予了我莫大的启发。

林隐而居

Wat Tam Wua 位于泰国的北部，靠近缅甸。从清迈前往的话，可以选择坐小巴到派城，也可以乘车或者乘飞机到 Mai Hong Song（湄宏顺府），往来这两座小城之间的公共汽车或私人小巴，都会经过森林寺庙 Wat Tam Wua，只要跟司机打声招呼，他就会在离寺庙最近的小站停靠。下车后沿着路标再往前走大约一两

公里，便会在山谷的窄口处看到一个木制的牌坊，大约就是寺庙的“山门”了。可寺庙并没有围墙，三面环绕的山岩，算是天然的屏障。越过木牌坊，左前方是一大片平整的草地，草地的边缘种着紫花杜鹃与椰子树。右边，石灰岩质地的山丘下，是一大片阔叶树林，向着山谷的深处延伸。四周既不见香客也没有游人，以至于初到此地的我，完全意识不到，自己已经进入了寺院的范围，引颈张望着，寻找着泰国寺庙典型的金色尖屋顶。

其实这里，并没有任何泰国城市寺庙的特色建筑，而完全是依森林传统，只建简朴的木头房子。寺庙里最大的木头房子是兼作讲堂的斋堂，法味与食之味都于此酝酿滋长。其次是位于小瀑布旁边的禅棚，称之为“棚”，是因为它并没有墙，只是由二十根木头柱子撑起一个屋顶，风也穿行而过，光也通透晃然。旁边还有一个小禅堂，一楼是砖头水泥建的图书馆，二楼又是木头建的禅房，二合为一，每日最后一次的共修就在此处。其余的建筑便都是木头的泰式高脚屋了，大约有五六十座。僧人与俗人都住在高脚屋内，只是僧俗二众的木屋分别在小河的两边，中间还隔着一个小湖与大片草地。僧人住的木屋数量少，不过十来间，大多还都

#森林札记# 二月十日，晴。

道路越是粗砺，双脚会越强韧吧？世道越是凉薄，此心越该圆柔吧？不然，何以度浮生呢。

空着，其余木屋都是为前来禅修的过客所准备。可见这一座寺庙，最初发心，就是为接引门外人而修的。

起初，我还怀着尝试与恳求之心，希望能在此留居。后来发现，任何人前来——禅修者、背包客、“泰漂”多年的老嬉皮、千金散尽的小朋克——只要来了，就可留下。寺庙也没有任何收费标准，禅堂里有一个孤零零的功德箱，谁打算要走了，自己将随喜供养金放进去就好。也有很多人正是因为没钱了才来投靠的，即使不给钱就走，也不会有任何麻烦。

这里也不像另外一些泰国禅修中心，有固定的禅修课程，只可以定期参加，而且不能中途退出。你任何时候来到 Wat Tam Wua，都是相同的每日内容，不变随缘，来也不拒，去也不执。而我却惊讶于这简单重复的生活，是如何改变着我的身体乃至心性的，这其中潜移的力量，着实让我始料不及。

一坐一忘

每日清晨五点，是寺庙的起床时间，却不需要离开自己的小屋，可以独自在房间里打坐。每天从漆黑开始，感受天色从细微到显著的变化，感受身体的温度与周遭的声响，感受内心的倦怠与懒意随着日出而慢慢离散……这时候才知道，过去长久不见日出的自己，不觉已离天地万物如此的遥远，仿佛我是一个塑料人、一种无明而晦暗的存在。亲近自然，其实并不需要逃离城市，而应该先从与日月同生息开始——以自然的时序契合生命的时辰，歇息与精进，收藏与生发，大自然都已经为我们做了示范，只是我们自以为可以独立自主、可以肆意违逆，于是身、心才日渐失序。

直到六点五十分左右，打板的声音响起，是早饭时间到了。寺庙里的义工、来自附近乡村的泰人，早早已经盛好了一碟碟的白米饭，放在一圈拜垫的旁边。禅修者们陆续从各自的木屋走出，来到斋堂，依次在拜垫上跪好，静静地等待。

森林札记 # 二月十三日，雨后初晴。

昨夜的雷暴雨骇人得很，听说这里的每次季节变换，都由一场雷暴雨开始，是不是跟人类学的呀？每次面对变化，都做出一副惊恐万状的样子。其实呢，太阳照常升起。

直到看到一袭黄色僧衣，在葱茏的绿林中出现，然后是列队而来的僧侣，两位、三位、四位……最多的时候寺庙里曾经有过二十多位前来参学的僧侣。僧侣们赤脚、低头、托钵，缓步走向斋堂，这时众人才纷纷直起身，将食器端于胸前，等待供僧。

托钵，是自佛陀时代已经存在的佛教传统。佛陀制定托钵之律，令出家众不得从事生计营业，亦不可储蓄财富物质，唯以延续色身、长养慧命之故，及为令众生种福田而乞食。至今在泰国、缅甸、老挝、柬埔寨等地，依然保持着当年佛陀古制。

在 Wat Tam Wua，托钵乞食倒不是僧侣的维系生命所需，因为毕竟这里的僧侣并非游方的行脚僧，可以依傍寺庙，安心办道。每日的供僧仪式，其实是为来自世界各地的禅修者准备的：一来可以深入体会泰国的托钵传统，二来培养惠施之心亦是一项重要的修行。即便连供养的食物也是由寺庙所提供的，但仅仅是一再地做出“给予”这一个动作，都是在练习放下与奉献，都是在增加福德与心量。当我将一勺一勺的白米饭，轻轻送入每一位僧侣的钵中，不禁想象：也许无量劫之前，也是这般地对古仙人做过一番供养，才在这千里之外的异乡，懵然得遇这如家之地的吧！也许万千生世之前，只因曾放下过一念悭吝之心，才能在这并不富足的人生之中，也可拥有各种丰盛的经历吧。

在斋堂中用过早饭，稍事休息，随后就是共修的开始了。

当由僧、俗二众组成的行禅队伍在林边就位，正是晨雾氤氲之时，阳光投进山谷也带来了风——在耳边，在袖里，在呼吸之间，乍暖还寒地，令身体的觉知一点一点醒转过来。深吸一口清冽的空气，迈出左脚，“佛……”呼出胸中的浑浊气息，迈出右脚，“陀……”行禅开始了。心中随着脚步的迈进而用巴利文音韵默念着“佛陀”，同时保持觉知，感受着身体的移动与变化；心，却单纯得有如远古的初民——并没有一个所要前往的去处，带着愉悦念住的眼前每一步，就是目的地；并没有一个要舍弃的地方，带着洞彻迈进的脚下每一步，都在抖落尘劳。

很久没有这样真切地站立在大地之上了！父亲说我是在刚满一岁的时候，开始走路的。如此匆匆走了三十四年，躯壳没入尘世，魂魄远离土地，还自以为志向高远，其实不过是用重重妄念将自己骗住，好为了些镜花水月，甘心情愿，抛掷华年。如今在乡野林间，赤足而立，徐缓而行，像一粒尘沙返回大地，才知晓曾经是多么的漂泊！

行禅练习的是觉知力，觉知当下真实的境况：并不全然完美，亦非过分糟糕的这个当下。发现，并接纳你的发现，继而了知所谓“当下”，也是一个相续变化的过程，如同交叠行进的脚步，因此不为“当下”所困，而能即入即出，不黏不滞。当你可以像佛陀一样，不带忧惧，带着喜乐与轻安、正念与觉知，一心走路，大地也会为你开出莲花来。

大约一个小时的行禅，自木桥头开始，至山谷口折返，自昏沉散乱开始，回归清明鲜活。

随即，便是一个小时的坐禅，就在木桥的另一头，小瀑布边的禅棚里。

导师用简单的英文给予引导。在此地，人们主要修习出入息禅修，方法很简单：吸气时心中默念“佛”，呼气时心中默念“陀”，与此同时，在鼻端寻找一处触受最明显的点，专注于此，体会气息出入于鼻腔的暖热变化，如此而已。

乍听起来，禅修的方法一点也不复杂、神秘，只要能呼吸，就能禅修嘛！可是刚开始坐禅的时候，身心却各种刁难，酸麻胀痛、杂念纷呈。曾经幻想在山中林间、花丛瀑下禅坐，如今怎么只觉得蚊蝇恼人，瀑流喧哗？但只要禅修结束，再回看周遭，又清雅闲寂、花红柳绿了起来。这让我想起了我的另一位西藏的禅修老师说过的一个比喻：在西藏，人们喜欢把牛粪当作燃料，为了将牛粪晒干，会把饼状的牛粪贴在土墙上，而禅修就好像是要把墙上的粪迹洗干净。本来干了的牛粪，不会有味道，当你要去清洗它，则先要弄湿、洗刷，这个时候反而会臭气熏天。但只要你继续清洗，直到完全净化，臭气总会彻底地消失。这一次，我终于真实地体会到了老师的话，禅修就如同于此：当心稍微安静，会觉知到平日里无法察觉的纷杂念头，仿佛看见深海之下汹涌的巨浪，你甚至会觉得自己比不禅修的时候还要更为散乱。其实，这是一种进步，是从“看不见散乱”，到“看得见散乱”的进步，是从不清净到清净的转化。只要能坚持下去，散乱总会消失。

如此勉励着自己，坚持了一个多星期，身体才慢慢地趋于安适，心才渐渐趋于安忍。又过了一个多星期，终于开始体会到“放松”二字。那种放松在身体的内部发生，仿佛一层一层的躯壳被软化，像是莲花的千瓣，一层一层柔软、张开、伸展，任和风穿梭其间。多年持续性的背痛在不知不觉间完全消失，真的很久没有过这“痛不在”的感觉了，竟空落落地、不适应起来。

是啊，我们在一定程度上是依赖我们的痛苦而不自知的，各种细微或深重的

森林札记 # 二月十八日，雾转晴。
在他人将你扯入他的情绪风暴之前，先下手为强，把他拖进你的平静，这才算是真的厉害吧！

森林札记 # 二月十九日，晴。

森林里的这一种食肉红蚂蚁，咬人是最疼的。扫落叶时不慎进入它们领地的话，就会被蛰到。当尖锐的疼痛发生时，即便知道那来自于毫无危险的弱小力量，还是会不由自主地嗔怒起来，只好一遍遍提醒自己：世间所有的伤害，都不过是因为对方太弱小、太恐惧、太需要保护自己罢了。

痛苦，让我们一再地肯定：“我存在”。可当“我”强烈地存在着时，我们却从大千中缺席了，我们无法与山林同在，无法与星月同在，无法与风露同在，无法与时间与天地与身心同在。当“我”太过强大时，我便只能孤独地存在，而这“存在”本身，也不过是一种虚妄的“存在感”罢了。

又过了两周，身心才适应了存在感的式微，自我的消解带来了自由与调柔；思考的休顿，使得感受开始苏醒；一直以来，出于自我保护而产生的隔离机制也开始松懈，深层次的意识与内外发生的一切境况才真正得以交互与融通。此时才开始明了：“随缘”并不是“随便”，是因“无我”而得以与一切万有开始互动——无有偏执，应机而动。想来只是明白一个“随缘”而已，更遑论真能做到，却要经过如此一番的坚持与努力。修行，从来非是吃茶赏花、燃香抚琴此等风雅之事呐！修行是从最真切、单纯的生命体验出发，从当下的一呼一吸、一步一履出发，去熟习，去试炼，最后和光同尘。内观禅修虽直简，却也枯燥，没有灵异体验，也不可谈玄论妙，可正是这极简之处，便有收摄身心之用，加上日子有功，岁月无欺，相信寂定与笃实会在内观之中油然而生，而我执与妄想将在静虑之中坐忘。

在 Wat Tam Wua，行禅与坐禅结合，大约两个多小时，此为一组的共修练习，上午、下午各一组，中间有充足的午餐与午休时间。下午的坐禅结束后，有一个小时的“工作禅”。主要是从事洒扫庭院，整理自己的寮房，清洗衣物等。偶尔，厨房里的柴火用完了，僧众会带领大家上山砍柴、运木，仿佛回到了千年之前的光景，依山而居，自给自足。

修持工作禅的用意，是为了帮助大家在日常的行住坐卧、举手投足之中练习保持专注与觉知。倘若禅修不能运用在禅堂之外的庸常生活里，禅修便只是一个形式，其功用有限，难以为继。所以工作禅，就成为了检验禅修效果的最好时刻了。简单、重复、辛劳的工作，也因此变得意义非凡。

工作禅之后，便是自由活动时间。

因为在 Wat Tam Wua，并不要求止语，人们通常会在这个时刻，泡上一杯茶或咖啡，在湖边草地上，或者溪旁的凉棚里坐下，彼此交流一下心要体会，或者旅行经历。一个月的时间里，我结识了来自英国、法国、巴西、墨西哥、罗马尼亚、俄罗斯、韩国、日本、波多黎各乃至一些我从没听过名字的国家的人们，他们有的已经久居此地，有的是慕名而来，有的只是好奇路过，在或长或短的时间里，我们结下了或深或浅的缘。感谢这些穿越过我生命的旅人，他们的出现总是在提醒我：人生还有着诸多的可能性，每一个他人，都正在活出你也具备的部分潜能，每一种生命模式，都在展示着，其他“你”。

因为寺庙秉持过午不食的传统，所以在自由活动过后，便是一日里的最后一次共修。

晚间的共修在室内进行，先是大约一个小时的巴利文念诵。巴利语，是佛陀

森林札记 # 二月二十二日，晴。

放下自以为超凡的神圣感，放下追求脱尘的企图心。和其光，同其尘，真正的修持方才开始。

时代摩揭陀国一带的大众语，是斯里兰卡、缅甸、泰国等地的佛教圣典及其注疏等所用的语言。虽然我对巴利文完全不懂，但是寺庙为外国人准备了罗马拼音标准本，还附带英文翻译，所以可以一点一点地学起来，也算是一项额外的收获。

念诵过后，禅堂的所有灯都将熄灭，众人在一片漆黑中静坐一小时。在深沉的夜幕下，细碎的声响，也变得特别显著，细微的念头，显得尤为粗重，然而最好的处理方式就是容许与接纳，如同月光温柔地拥抱山谷，没有什么需要特地关照，也没有什么需要专门去排拒。

而这份接纳，又何尝不是因为在禅修之中经历过种种失望、沮丧、怀疑与放弃，又渐渐适应、明了、谙熟与笃定，所以对困境与困境之后的豁朗都有所意料。一个小时的禅坐之中，会有从不适到安适的过程；一个月的闭关之中，也会有从躁动到静定的过程；一段人生之中，同样，也会有从困顿到清明的过程。学习安坐，其实是最不冒险的试炼，若在一个小时之中能尝到安忍与坚持带来的收获，经过反复体验，记取每一次小小的成功与超越，也许就能够在那些前程未卜的处境之中，也敢于相信：所历一切都只是个过程，经得起一次次委地成尘，才配拥有飞扬的自由。

在泰北山区的星空下，无名山谷的禅堂里，漆黑的深处中仿佛有火光闪烁，那是小小的勇气之光。“保持你内心的光，因为不知道谁会因此走出黑暗”——一位圣者曾经这样说。

后　记

短短一月之中，能浅尝泰国森林寺庙的内观禅修生活，在素简单纯之中，一点一点越过宗教的外相，一窥修行的核心；更一点一点地确信，调御自心，令其显露出本具的慧能，才是生命之中的德行与意义所在；能在毫无预期之中，收获终身受益的启发，这一切何其有幸。撰文于此，与有缘人分享、共勉之。但愿他日与你，相遇 Wat Tam Wua。